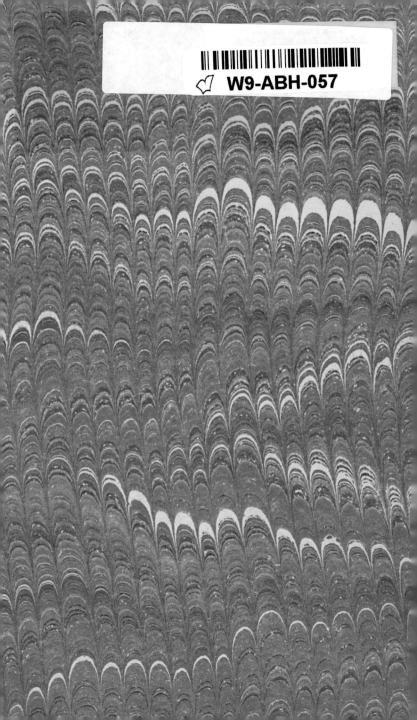

Franz Kafka

LA METAMORFOSIS

——

INFORME PARA UNA ACADEMIA

Copyright © EDIMAT LIBROS, S. A.
C/ Primavera, 35
Polígono Industrial El Malvar
28500 Arganda del Rey
MADRID-ESPAÑA

ISBN: 84-8403-444-5
Depósito legal: CO-1056-2003

Colección: Clásicos selección
Título: La metamorfosis
Informe para una academia
Autor: Franz Kafka
Traducción: Tina de Alarcón
Título original: Die verwandlung
Ein Bericht für eine Akademie
Estudio preliminar: Tina de Alarcón

Diseño de cubierta: Juan Manuel Domínguez
Impreso en: GRAFICROMO

IMPRESO EN ESPAÑA – *PRINTED IN SPAIN*

FRANZ KAFKA

LA METAMORFOSIS
INFORME PARA UNA ACADEMIA

Por Tina de Alarcón

I

Junto a Robert Musil y James Joyce, Kafka figura entre los escritores más destacados de nuestro siglo y quizá pueda decirse que su obra proyecta sobre nosotros, perdiéndose más allá del año 2000, una sombra más larga que la de aquéllos, pues ha tenido el excepcional privilegio de ser objeto de la atención no sólo de los filósofos y los eruditos (desde Adorno hasta Borges), sino también—dato ilustrativo de su universalidad—de las personas literariamente hedonistas, de los lectores libres y sin obligaciones que forman lo que se ha dado en llamar «el gran público». Pocos corredores de fondo han leído *Un hombre sin atributos,* de Musil; pocos el denso y célebre *Ulises,* de Joyce, si tenemos en cuenta el elevado número de lectores de las más diversas latitudes que, sin esfuerzo, de un solo tirón, han leído *La Metamorfosis.* La atracción que esta obra ejerce ha demostrado ya su absoluta independencia de la moda. Tiempos hubo en los que fue Dostoievski el punto de encuentro y partida de los ávidos investigadores de la condición humana, nada propensos a perder el tiempo con dadaísmos, ultraísmos e inventos parecidos. Kafka —por ejemplo— empezó leyendo a Dostoievski... En tiempos más recientes, los mencionados investigadores tropezaban, casi en el punto de partida, con Sartre *(La Náusea),* Camus *(El Extranjero)* y Hesse *(El lobo estepario),* sin hacer —desde luego— ni el más mínimo caso al *boom* nuestro de cada día. Ayer y hoy, en cambio, los mencionados investigadores se recrean con Franz Kafka (1883-1924). En los tiempos que corren, nadie expresa mejor la sensación que los hombres de hoy experimentan ante el ominoso mundo que nos rodea. El destino quiso que la obra de Kafka estuviese a punto de perderse en la noche de los tiempos. Cuando vivía, Kafka se preocupó muy poco por su difusión. Le apasionaba mucho más el acto de escribir que el de publicar y la pasiva —y obnubilante— recepción de las admirativas palabras del prójimo. La tarea de escribir era su vicio más preciado, el supremo ejercicio de sí mismo, la actualización plena de su ser, una rara especie de autoalumbramiento, no siendo el resultado —la gloria literaria— lo más importante.

Frente al texto terminado, Kafka acostumbraba a tener dudas y le entraban inseguridades y ganas de romper. Fue Max Brod, el oportuno amigo que le enseñó a valorar sus obras, quien le ayudó a publicar lo que él se empeñaba en guardar en un cajón. Y fue Brod el salvador de su obra: Poco antes de morir, Kafka le dejó el encargo de destruir todas sus novelas, cuentos y diarios, y Brod no lo hizo a la hora de la verdad. Pero lo que Brod salvó estuvo a punto de perderse de todas maneras. Primero cayó la bota nazi sobre Praga, quedando proscrita la literatura del judío Kafka en el brutalmente ampliado ámbito de lengua alemana. Lo que esa bota hizo no es para ser contado fríamente: las tres hermanas de Kafka, Milena Jesenská —su amiga y traductora al checo— y Dora Dyamant —la mujer que lloró sobre su tumba— fueron asesinadas en los campos de concentración. Después, cuando fue posible liberarse de la bota nazi, cayó sobre Praga la de Stalin, cuya dogmática fijación al realismo no era compatible con las «fantasías pequeño-burguesas» de Franz Kafka. En 1945 la obra de Kafka parecía tan perdida como en 1939. Pero fue redescubierta algún tiempo después, gracias al entusiasmo que por ella experimentaron los franceses André Breton, Jean Paul Sartre y Albert Camus. Y así se dio la ironía de que se editó completa en francés y en inglés, antes que en alemán, su lengua original. Y vale la pena registrar el hecho de que hasta 1957 no fue posible encontrar en las librerías de Praga —la ciudad donde vivió toda su vida— ninguna traducción de sus relatos al checo... Las traducciones de Milena Jesenská se habían traspapelado, ella había sido asesinada por los nazis, nadie se había preocupado de rescatar a Kafka.

La personalidad de Kafka atrajo a los estudiosos tanto como sus obras, ya que sólo un hombre de muy notables características psicológicas pudo escribir novelas tan singulares como *La Metamorfosis* y *El Proceso*. Durante mucho tiempo, sólo fue posible conocer a Kafka gracias a la biografía que escribió su amigo Max Brod y a su diario íntimo, compilado por éste, que no obedeció la orden de quemarlo. La mayor parte de los testigos de la vida de Kafka habían desaparecido. Sin embargo, gracias al paciente trabajo de Klaus Wagenbach ha sido posible completar satisfactoriamente la versión biográfica de Max Brod. La posterior publicación de las cartas de Kafka a Felice Bauer, a Milena Jesenská y a su hermana Ottla ha puesto al descubierto —incluso en sus aspectos más íntimos y sonrojantes— la inagotable personalidad del autor de *La Metamorfosis*.

Como ha destacado oportunamente Christel Heller, Kafka fue un desarraigado desde casi todo punto de vista, por lo que se vio en la necesidad de desarrollar una personalidad autosuficiente sin el auxilio de una cultura cerrada y coherente. Nieto de un carnicero, hijo de un vendedor ambulante, Kafka nació en una casa situada en el borroso límite del Josefstadt, el antiguo y doliente *ghetto* judío de Praga. Sin embargo, como su padre consiguió dejar atrás su carro de vendedor ambulante y conquistar los niveles altos de la sociedad, Kafka se convirtió en un desarraigado desde el punto de vista social. Fue injertado en la clase alta —conquistó el título de doctor en Derecho—, pero nunca podría olvidar los callejones oscuros y retorcidos que había entrevisto en los días de su infancia, ni a su remoto abuelo, el carnicero, ni los modales broncos de su padre. En la clase alta de Praga figuraban los alemanes, pero Kafka, aunque escribiese en la lengua de Goethe, nunca podría identificarse con la cultura germana: había nacido en la frontera de un *ghetto,* era judío. Sin embargo, en su caso sería completamente vano buscar raíces sólidas y bien arraigadas en el judaísmo. Sus padres —judíos ambos— no eran piadosos y Kafka no aprendió el *yiddisch* en la infancia ni fue moldeada su conciencia de acuerdo a la pauta cultural correspondiente. Sólo muy tardíamente se interesó por el judaísmo, pero todo indica que nunca pudo vencer su desarraigo. Más de una vez sufrió algún desaire por ser judío, pero nunca se refugió en actitudes sionistas, a pesar de las sugerencias de su amigo Brod (que acabó coherentemente sus días en Palestina). A la impregnación cultural alemana del desarraigado judío Kafka hay que agregar la influencia tangencial de la desgarrada cultura checa. Sufrió la influencia del medio —Praga—, pero es evidente que no estaba en condiciones de convertirse en un checo puro. Siempre quedó en situación excéntrica frente al nacionalismo checo.

Como vemos, Kafka creció en un cruce de culturas no siempre compatibles, obligado a ser él mismo y sin posibilidades de integración plena en ninguna de ellas. Esto favoreció el desarrollo de una personalidad independiente. Al mismo tiempo, el cóctel cultural, aunque produjo dificultades al hombre concreto obligado a desarrollarse en situación excéntrica, le enriqueció incuestionablemente, poniéndole, de paso, por encima de todo localismo y en situación propicia para convertirse en un escritor de proyección universal.

Teniendo en cuenta su desarraigo, nada puede sorprender que su vivencia más primaria de la vida fuese de «extrañamiento». Las circunstancias de su infancia contribuyeron a intensificar esta vivencia que en la edad adulta sería expresada en narraciones protagonizadas por individuos excéntricos —a veces, significativamente, por animales o insectos—, que parecen debatirse en una atmósfera onírica de género pesadillesco. En efecto, la infancia de Kafka fue determinante de su extrañamiento ante el mundo. El enfoque antropológico debe completarse con el psicológico, para que pueda comprenderse la intensidad de su extrañamiento. En primer lugar, en los primeros seis años de su vida, Franz Kafka sufrió cinco cambios de domicilio, desde la humilde vivienda situada al borde del *ghetto* judío hasta el soberbio piso que en 1889 su padre conquistó en la señorial calle del Círculo. Los cambios de domicilio en la infancia impiden que un niño se familiarice con el mundo exterior. El movimiento continuo de un escenario a otro fomenta el extrañamiento, al tiempo que la tajante diferencia entre el mundo de la vigilia y el mundo de los sueños se torna borrosa, como si ambos fueran gobernados, en última instancia, por las mismas leyes inescrutables. Por otra parte, el carácter extraño, no familiar y cambiante del mundo externo favorece el desplazamiento de la atención de lo exterior a lo interior: las vivencias interiores resultan de antemano más familiares que las que se derivan de la comunicación con el medio ambiente. El caso de Kafka es ejemplar: desde muy pequeño, como consecuencia de las circunstancias, se replegó sobre su propia intimidad. Al mismo tiempo, Kafka sufrió en sus años tempranos dos traumáticas experiencias que contribuyeron decisivamente a que el mundo exterior se convirtiera no sólo en un mundo extraño sino también amenazador: la muerte de sus hermanos Georg y Heinrich, acaecidas en sucesión, con pocos meses de diferencia. Sus hermanos nacieron y desaparecieron de forma por completo inexplicable. ¿No podía sucederle lo mismo a él? No es necesario insistir en la gravedad del trauma. Por lo demás, el amor de sus padres no conjuró su miedo ni le ayudó a mejorar sus relaciones con el mundo: Kafka no disfrutó ese amor.

Muy temprano por la mañana, su padre y su madre se iban a trabajar en la tienda —una mercería— y él se quedaba solo en un rincón. Su padre monopolizaba toda la energía amorosa de la madre y Franz Kafka creció solitario, sin apoyo materno: aparte del padre, los sucesivos embarazos de la madre le condenaron a la definitiva postergación, sin que el borroso apoyo afectivo de la señorita María Werner, la sirvienta, pudiera compensar su ausencia de manera efectiva. La soledad y la falta de afecto determinaron en Kafka un desarrollo anormal de la imaginación y, desde luego, su peculiar hipersensibilidad afectiva. Al mismo tiempo, debe decirse que su padre ejercía sobre él —puntualmente, a la hora del almuerzo— una autoridad inculta, caprichosa y absolutista. El padre de Kafka era un hombre desprovisto de sentido pedagógico, que prohibía rechazar la comida y que —al mismo tiempo— la mandaba a la cocina con vociferaciones e insultos si no resultaba de su agrado. Desde muy pequeño, Franz Kafka vio que el padre —el poder— imponía leyes caprichosas. El despotismo del padre —por reacción— hizo de Kafka un hombre justo y comprensivo, pero le dejó para siempre atado al convencimiento de que el ser humano está sometido a los fatales e inescrutables designios que emanan del poder, tema que encontraremos cumplidamente desarrollado en sus novelas. La inseguridad ante el padre —capaz de gritarle «¡te destrozaré como si fueses un pez!»— agravó hasta extremos dramáticos su inseguridad ante el mundo y encendió en el fondo de su inconsciente las torturantes e infernales llamas del temor angustioso que asocia culpas reales o fantásticas a la fatal espera de castigos demoledores. Así, el extrañamiento de Kafka ante el mundo se transmutó en terror, quedando sus sueños sometidos a la maldición de convertirse en pesadillas pavorosas. Gran parte de su pasión literaria tendría como punto de arranque la necesidad urgente de liberarse de esa insoportable realidad interior.

Con el tiempo, al crecer sus hermanas, el universo femenino se fue convirtiendo, por oposición a los caprichos del universo viril del padre, en un refugio para el solitario Franz Kafka. Aunque distante, la madre tenía una bondad natural y una suavidad que contrastaba con la intolerancia del padre. Franz Kafka no fue insensible a su ejemplo. El trato —a cierta distancia, pero real— con mujeres, con la madre, con la sirvienta, con las hermanas menores, afinó y cultivó su sensibilidad, agudizando un sexto sentido para captar la lógica de los sentimientos humanos y su expresión. El escritor se nutriría de esa sensibilidad extrema. Por otra parte, estando dotado de todos los elementos para comprender a la mujer, Kafka sería en la edad adulta un seductor de primera magnitud. Toda la vida buscaría refugio en una mujer y en la complementación amorosa la clave y el sentido de su plenitud humana. Sus grandes amores, a excepción de La Suiza, tendrían nombre propio: Felice Bauer, Grete Bloch, Julie Wohryzek, Milena Jesenská y Dora Dyamant. Serían amores trágicos, excéntricos, con compromisos matrimoniales y rupturas de último momento: marcarían su camino en la búsqueda de aquella plenitud y del acuerdo con la vida, serían formas de su lucha por curarse del extrañamiento que padeció, como extranjero en un mundo extraño, desde los remotos días de su infancia. Su literatura, en cambio, sería la expresión de su extrañamiento y su desacuerdo, resultando por la práctica de escribir cada vez más honda la herida y más engañosa la liberación.

II

Franz Kafka escribió *La Metamorfosis* en diciembre de 1912, en el período más exaltadamente creador de su vida, en la época en que se decidió su destino como hombre y como escritor. En agosto de 1912, Kafka conoció a la señorita Felice Bauer en casa de su amigo Max Brod. La confundió con una criada, pero quedó irremediable y mágicamente adherido a su imagen. El 20 de septiembre, Kafka escribía a Felice la primera carta y entró en un indescriptible estado de ebullición literaria. Dos días más tarde, en efecto, en la noche del 22 al 23 de septiembre, escribió de un tirón su célebre relato *La Condena*. Aquella noche inolvidable —él lo diría— «se abrió la herida por primera vez». El relato parecía haber salido de sus entrañas: nunca había tenido antes una experiencia tan nítida del fenómeno de «la inspiración». Puede decirse que lo escribió en trance, como médium de su propio inconsciente. Él mismo pudo constatar, fascinado, que el nombre del protagonista guardaba extrañas relaciones con el suyo propio y que la novia, Frieda, parecía evocar a Felice (la misma inicial, el mismo número de letras). No había sido consciente de estas coincidencias y de otros oscuros paralelismos a la hora de escribir... Esa noche se decidió su destino ya que, en adelante, siempre se vería en la necesidad de alcanzar el estado de inspiración que produjo *La Condena*, un estado de plena apertura hacia el interior de sí mismo que en ningún caso podría concebirse sin la predisposición anímica generada al calor del sentimiento amoroso vinculado al recuerdo de Felice Bauer.

En aquella época Kafka escribía sin convicción *América*, una novela cuyo tema —un joven que «desaparece» en

América— le había obsesionado ya en la adolescencia. El estado creador de la noche de *La Condena* le dio la convicción que le faltaba —avaló su talento— y se puso a escribir con un fervor nuevo y potente, a pesar de la odiosa interferencia de su trabajo en la compañía de seguros. Terminada *La Condena,* continuó la redacción de *América,* dedicando todos los ratos libres a escribir interminables cartas a Felice, que vivía en Berlín. Como pudo constatar Max Brod, había entrado «en un increíble éxtasis».

Los madrugones que la compañía de seguros le imponía marcaron el contrapunto dramático de su estado creador. Cada exceso literario nocturno tenía que pagarlo Kafka por la mañana, en su despacho, donde poco le faltaba para desmayarse. Pero siguió adelante. El domingo 5 de noviembre, aplastado por los excesos literarios de *América,* ya con la penosa obligación de madrugar el lunes, Kafka fue asaltado por la historia de Gregorio Samsa, el viajante que se despierta convertido en un monstruoso insecto. La historia que se materializaría en *La Metamorfosis* fue tramada en la cama, en un estado de agitación y angustia próximo al sueño. Kafka hubiera querido sentarse a escribir inmediatamente. No estaba en condiciones. Tendría que contentarse con escribir *La Metamorfosis* por partes, robando horas de sueño, haciéndose el tonto en la oficina y superando, incluso, un viaje de trabajo a cuenta de la compañía de seguros. Y se quejaba amargamente a Felice, seguro de que la calidad del relato sufriría las funestas consecuencias de tantas y tan poco inspiradoras interrupciones. Era, a su juicio, una historia para ser redactada en dos sesiones de diez horas a pleno régimen. A él le gustaba trabajar así, con una inmersión total en la obra, según la fórmula que había producido *La Condena*. El 18 de noviembre, escribía a Felice: «¡Ojalá tuviera libre toda la noche, para dedicarla a escribir de un solo tirón, sin abandonar la pluma. Sería una noche hermosa.» *América* había quedado en segundo plano. Lo importante ahora era llevar a buen término, contra viento y marea, la historia de Gregorio Samsa, que se apoderó por completo de Kafka, como una obsesión. De relato breve, se transformó pronto en una novela corta, desbordando con fuerza propia los límites que el autor le había otorgado al principio. El 23 de noviembre, Kafka seguía luchando en *La Metamorfosis*. Le escribía a Felice: «Sería hermoso leerte esta historia y estar obligado a cogerte de la mano, pues esta historia es tremebunda. (...) Te amedrentaría...» Al día siguiente, volvía a escribir a Felice: «Querida: ¡Qué historia extraordinariamente repugnante es la que acabo de dejar, para recrearme ahora pensando en ti! La historia ya ha sobrepasado algo su mitad y en líneas generales no estoy descontento de ella, pero resulta ilimitadamente repugnante. Y ves, estas cosas proceden del mismo corazón en cuyo seno vives y que toleras como hogar. No te entristezcas por ello, porque, quién sabe, cuanto más escriba y cuanto más me libere, más puro y digno seré quizás de ti. Pero a buen seguro todavía queda mucho por desarraigar de mí, y las noches no pueden ser lo bastante largas para esta tarea, por lo demás en extremo voluptuosa.» A principios de diciembre, Kafka seguía escribiendo y ya el día 6 anunciaba a Felice la terminación de la novela.

La primera reacción de Kafka al ver terminada su obra fue de entusiasmo, y con manifiesta satisfacción la leyó en casa de su amigo Max Brod. Sin embargo, como suele suceder a casi todos los grandes creadores, no tardó en ser víctima de irritantes dudas respecto a la calidad del relato. En octubre de 1913 llegó al convencimiento de que era francamente «malo». En enero de 1914 no podía contener ante *La Metamorfosis* un sentimiento de «enorme aversión». «Hubiera quedado mucho mejor —escribía— si aquel viaje de negocios no me hubiera estorbado.» Sin embargo, el primer entusiasmo por la obra estaba llamado a volver. Y Kafka —dato interesante en un escritor poco aficionado a publicar— se puso a buscar un editor digno de *La Metamorfosis*. Como «Die neue Rundschau» —donde el responsable de la sección literaria era Robert Musil— no quería publicarla entera, Kafka envió el manuscrito a «Die weissen Blatter». Que había recuperado la seguridad de que se trataba de una obra digna de publicación lo revelan su negativa a recortarla en beneficio de «Die neue Rundschau» y su prisa por verla aparecer en «Die weissen Blätter», donde se publicó, en efecto, en el número de octubre de 1915. Pero no contento con esta efímera aparición, Kafka la envió a la editorial Kurt Wolff y no cedió hasta verla pulcramente editada en libro. Se sabe que cuidó todos los detalles de la edición. En la portada —previno al editor— no debía figurar bajo ningún concepto el monstruoso insecto... «Si yo mismo pudiera proponer algún tema para la ilustración, escogería temas así: los padres y el procurador ante la puerta cerrada, o, mejor todavía, los padres y la hermana en la habitación iluminada, mientras la puerta al sombrío cuarto contiguo se encuentra abierta.»

La Metamorfosis narra la pavorosa transformación de Gregorio Samsa en insecto. Es una pesadilla. A pesar del insólito tema, la novela ejerce un encantamiento que no deja escapatoria. Su increíble poder de sugestión procede, en gran medida, de la profunda identificación de Kafka con su personaje. Otro no habría podido expresar de forma tan terrible y convincente el despertar de un hombre convertido en insecto. ¡Pero él...! ¡Cuántas veces el mismo Kafka se había sentido monstruoso, en medio de sus obsesiones, cuando tendido en el sofá —o en la cama— escuchaba a través de la puerta de su habitación los ruidos del mundo, esa agitación cotidiana que le oprimía y de la que, al mismo tiempo, se sentía irremediablemente excluido! ¡Y qué puede extrañar que la metamorfosis se descubriera en el momento crítico del despertar, nutrida por sensaciones de desesperación que, cotidianamente, experimentaba el propio Kafka cuando los imperativos del mundo, sin atender a sus necesidades particulares, le obligaban a despertar! Seis años antes, en *Preparativos para una boda en el campo,* Kafka había escrito: «Tengo al despertar, acostado en la cama, la forma de un gran escarabajo...» La perpectiva del insecto volvió en noviembre de 1912. En Kafka la identificación con un insecto repugnante, dañino para todos, venía dictada por fuerzas inconscientes que escapan a los rigores del trabajo analítico. En la carta que escribió a su padre en 1919, expresaba dolorosamente su convicción de que éste le consideraba un parásito. Si tenemos en cuenta su grave extrañamiento ante el mundo y los mencionados antecedentes, comprenderemos por qué la identificación con un insecto está lejos de ser un simple truco literario. Si lo fuera, no produciría el mismo efecto. La identificación con un mono —que el lector encontrará en el *Informe para una Academia*— no produce, ni remotamente, el mismo efecto. Consciente de ello, al identificarse con un mono, Kafka tocará más insistentemente la cuerda del humor que la del patetismo. En el mencionado *Informe* no encontramos la atmósfera onírica y de pesadilla que hallamos en *La Metamorfosis* y que es característica de todas sus novelas, desde *Descripción de un combate* (1906) hasta *El Castillo* (1923). La identificación con un insecto fue el método más eficaz que encontró Kafka para expresar su excentricidad y contagiarnos su extrañamiento, no alcanzando otras identificaciones el mismo grado de intensidad (véase, por ejemplo, el mencionado *Informe*, y también los relatos *Investigaciones de un perro* y *Josefina la Cantora,* o *El pueblo de los ratones*).

Por último, conviene destacar que *La Metamorfosis* ocupa, en el conjunto de su obra, un lugar aparte por sus dimensiones y su estructura. Es más larga que la mayoría de los relatos de Kafka, pero mucho más corta que sus grandes novelas *El Proceso* y *El Castillo.* A diferencia de éstas, se lee de un tirón —como él hubiese querido escribirla—, siendo posible mantener el mismo clima anímico. Al mismo tiempo, tiene la estructura de un cuento: la situación planteada se resuelve de manera inexorable y precisa, y llega a un final nítido por sus pasos contados y sin rodeos. No ocurre lo mismo en sus novelas *El Proceso* y *El Castillo,* que están deliberadamente cargadas de equívocos, llenas de cabos sueltos y recovecos, sin que tengamos nunca —mientras leemos— la sensación de estar avanzando: Como Josef K., protagonista de *El Proceso,* y como el agrimensor de *El Castillo,* el lector no progresa linealmente en el tiempo, sino que parece indefinidamente sometido a la vivencia de un presente angustioso. En *La Metamorfosis,* en cambio, el tiempo fluye linealmente, marcándose su paso y la sucesión de los días. Kafka nunca llegó a la convicción de haber puesto punto final a *El Proceso* y *El Castillo.* En último análisis estas novelas eran interminables, razón por la que nunca quedó el autor satisfecho con los desenlaces... Pero *La Metamorfosis* sí tiene un final preciso, que aquí, en beneficio de la intriga, no debo yo adelantar.

CRONOLOGÍA

1883 Franz Kafka nace el 3 de julio en Praga, hijo de Hermann Kafka (comerciante) y de Julie Löwy.

1885 Nacimiento de su hermano Georg.

1887 Muerte de Georg. Nacimiento de su hermano Heinrich.

1888 Muere Heinrich.

1889 Kafka inicia sus estudios primarios en la escuela del Mercado de la Carne. Nace su hermana Gabrielle.

1890 Nace su hermana Valerie.

1892 Nace su hermana Ottilie.

1893 Examen de ingreso en el Staatsgymnasium.

1900 Vacaciones en Triesch con Siegfried Löwy, su tío.

1901 Aprueba, en la escuela, el examen final. Vacaciones en Heligoland y Norderney. Ingresa en la Deutsche Universität, donde empieza a estudiar Química, antes de decidirse por la carrera de Derecho.

1902 Frecuenta el círculo de Anton Marty, discípulo de Brentano. Vacaciones en Liboch. Una semana en Triesch. Visita Munich. Conoce a Max Brod.

1904 Empieza a escribir *Descripción de un combate*.

1906 Termina su carrera universitaria y obtiene el título de doctor en Derecho.

1907 Escribe *Preparativos para una boda en el campo*. De vacaciones en Triesch, se enamora de Hedwig Weiler. Ingresa en la Assicurazioni Generali.

1908 La revista «Hyperion» publica *Meditación* gracias a las gestiones de Max Brod. Abandona la Assicurazioni Generali e ingresa en la Compañía de Seguros de

Accidentes de Trabajo (donde permanecerá hasta su jubilación).

1909 «Hyperion» publica algunos fragmentos de *Descripción de un combate*. Escribe *Los aeroplanos en Brescia*.

1910 Empieza a escribir su *Diario*. Se interesa por el teatro *yiddish*.

1911 Conoce a Rudolf Steiner. Escribe, en colaboración con Max Brod, *Ricardo y Samuel*.

1912 Gestiona una representación teatral del actor Jizchak Löwy en el ayuntamiento judío. Conoce a Felice Bauer. Escribe *La Condena*. Escribe *América* y *La Metamorfosis*. Interminables cartas a Felice.

1913 Encuentros con Felice y proyecto matrimonial. Fugaz aventura sentimental con una muchacha suiza de 18 años. Conoce a Grete Bloch, amiga de Felice.

1914 El compromiso matrimonial de Kafka con la señorita Bauer se publica en los periódicos. Kafka confiesa a Grete Bloch sus dudas respecto al proyecto matrimonial y ésta se las comunica a Felice. Ruptura del compromiso. Comienza la redacción de *El Proceso*.

1915 Reencuentro con Felice Bauer en Bodenbach. Se reanuda la correspondencia.

1916 Vacaciones en Marienbad, con Felice, donde se renueva el compromiso matrimonial. Escribe *El guardián de la tumba* y *Un médico rural*.

1917 Mala salud (dolores de cabeza y trastornos estomacales). Escribe *Informe para una academia, Las tribulaciones de un padre de familia* y *La muralla china*. Nuevo compromiso oficial con Felice. Primera hemorragia. La tuberculosis permite a Kafka romper su compromiso matrimonial con Felice.

1918 Tras una temporada de descanso, vuelve al trabajo en la oficina. Su salud empeora nuevamente y debe ir a Schelesen a reponerse.

1919 En Schelesen conoce a Julie Wohryzek y se enamora de ella, toma, a pesar de la oposición de Hermann Kafka, la decisión de casarse. El compromiso se hace público, pero Kafka lo rompe a continuación. Escribe una larga carta a su padre. Trabaja en la Compañía, donde le suben el sueldo y le ascienden.

1920 Correspondencia con Milena Jesenská. En Gmünd pasa un fin de semana con Milena. Escribe *El Castillo*. Su salud empeora y trata de reponerse en Matliary.

1921 Se reincorpora a su trabajo. Encuentro con Milena.

1922 Su salud empeora nuevamente y pasa una temporada en Spindlermühle. Escribe *Un artista del hambre* e *Investigaciones de un perro*. La Compañía le concede una licencia temporal. Kafka pasa una temporada en Planá con su hermana Ottla. Kafka le pide a Brod que, cuando muera, destruya todas sus obras.

1923 En Müritz, Kafka conoce a Dora Dyamant. Ambos se instalan en una humilde vivienda de los suburbios de Berlín. Escribe *La Madriguera*.

1924 Su salud empeora. Escribe el último relato: *Josefina la Cantora, o El pueblo de los ratones*. El padre de Dora, siguiendo el dictado de un rabino, impide que Kafka se case con la joven. Muerte de Kafka.

BIBLIOGRAFÍA

Otras ediciones de La Metamorfosis:
Alianza Editorial, Madrid, 1977 (trad. J. L. Borges).
Banda Oriental, Montevideo, 1975 (trad. H. Galmés).
EDAF, Madrid, 1975 (trad. anónimo).
Losada, Buenos Aires, 1943 (trad. J. L. Borges).
Planeta, Barcelona, 1975 (trad. J. L. Borges).

Sobre Kafka:
BATAILLE, Georges: *La literatura y el mal*, Taurus, Madrid,
    1971.
BENJAMIN, Walter: *Iluminaciones* (I), Madrid, 1971.
BLANCHOT, Maurice: *El diálogo inconcluso,* Monte Ávila,
    Caracas, 1970.
BORGES, Jorge Luis: *Otras inquisiciones,* Emecé, Buenos
    Aires, 1967
BROD, Max: *Kafka,* Alianza Editorial, Madrid, 1974.
CAMUS, Albert: *El mito de Sísifo,* Losada, Buenos Aires, 1957.
HAYMAN, Ronald: *Kafka-Biografía,* Argos Vergara,
    Barcelona, 1983.
JANOUCH, Gustav: *Conversaciones con Kafka,* Fontanella,
    Barcelona, 1969.
ROBERT, Marthe: *Acerca de Kafka,* Anagrama, Barcelona,
    1970.
WAGENBACH, Klaus: *Kafka,* Alianza Editorial, Madrid, 1970.
La juventud de Franz Kafka (1883-1912), Monte Ávila,
    Caracas, 1969.

LA METAMORFOSIS

I

Cuando Gregorio Samsa se despertó una mañana de su inquieto sueño, se encontró en la cama, convertido en un insecto gigante. Estaba acostado sobre una espalda dura como una coraza y, si levantaba un poco la cabeza, veía su vientre abombado, de color marrón y surcado por unas estrías duras. El cobertor apenas se podía mantener sobre tan abultado vientre y estaba en trance de deslizarse al suelo. Sus muchas patas, que comparadas con la totalidad de su volumen eran lastimosamente delgadas, revoloteaban sin ton ni son ante sus ojos.

«¿Qué me ha pasado?», pensó. No era un sueño. Su habitación, un auténtico habitáculo humano, estaba tranquila entre las cuatro paredes bien conocidas. Encima de la mesa, sobre la cual estaba desplegado un muestrario de tejidos —Samsa era viajante—, colgaba el cuadro que hacía poco había recortado de una revista ilustrada y colocado en un bonito marco dorado. Representaba a una dama que, ataviada con un sombrero de piel, envuelta en una boa también de pieles, estaba sentada, erguida y elevando hacia el espectador un pesado manguito de piel, dentro del cual desaparecía todo su antebrazo.

La mirada de Gregorio se dirigió a la ventana. El tiempo tristón —se oía cómo la lluvia repiqueteaba contra la chapa del alféizar— le llenó de melancolía. «¿Qué tal si siguiera durmiendo un poco y olvidara todas esas bobadas?», pensó. Pero era totalmente irrealizable, porque tenía la costumbre de dormir sobre el lado derecho y, en su estado actual, no logró colocarse en esta postura. Aunque se lanzara sobre su costado derecho con fuerza siempre volvía, con un balanceo, a la posición dorsal. Trató de hacerlo unas cien veces, cerrando los ojos para no ver las patas, que daban pena, y desistió cuando empezó a sentir en el costado un dolorcillo sordo que nunca había experimentado.

«Dios mío, pensó, ¡qué profesión más fatigosa me he buscado! Un día tras otro viajando. El trabajo en el exterior es mucho más enervante que el trabajo en el interior del negocio; encima tengo que soportar las molestias del viaje, la preocupación por el horario de los trenes, las comidas malas e irregulares, el trato con gente siempre cambiante, nunca duradero, sin llegar nunca a ser cordial. ¡Que se lo lleve todo el diablo!» Sintió una leve comezón en el vientre. Arrastrándose dificultosamente sobre la espalda, se acercó a la cabecera de la cama para poder levantar la cabeza mejor; encontró el sitio de la comezón y vio que estaba sembrado de manchitas blancas que no sabía cómo interpretar. Quiso palpar el lugar con una de sus patas, pero la retiró en seguida porque el contacto daba escalofríos.

Se dejó ir y volvió a su posición inicial. «Esto de levantarse temprano le vuelve a uno idiota», pensó. «El hombre tiene que tener sus horas de sueño. Otros viajantes viven como mujeres en un harén. Cuando yo regreso a media mañana al hostal para pasar en limpio los pedidos que he obtenido, esos señores todavía están desayunando. Que yo tratara de hacer esto y mi jefe me haría volar en el acto. Pero, ¿quién sabe si esto, en fin de cuentas, no sería mucho mejor para mí? Si yo no me contuviera por consideración a mis padres, hace tiempo que me habría ido del empleo; me habría plantado delante del jefe y le habría cantado las cuarenta con toda mi alma. ¡De su pupitre se habría caído! ¿Qué manera extraña es esa de sentarse en lo alto de un pupitre para hablarle al empleado desde arriba? Además, el empleado tiene que acercarse lo más posible a causa de la sordera del jefe. Bueno, la esperanza no está del todo perdida. Cuando haya reunido el dinero para terminar de pagar la deuda de mis padres —me puede llevar todavía unos cinco o seis años—, lo haré sin falta. Daré el tijeretazo. De momento, lo cierto es que me tengo que levantar, pues mi tren sale a las cinco.»

Echó un vistazo al despertador que hacía su tic-tac encima del armario. «¡Santo cielo!», pensó. Eran las seis y media y las manecillas avanzaban impertérritas; incluso ya era pasada la media, casi eran las siete menos cuarto. ¿No sonaría el despertador? Pero desde la cama se veía que estaba puesto para las cuatro. Con toda seguridad: había soñado. Sí, pero, ¿cómo era posible quedarse dormido con ese estrépito que sacudía hasta los muebles? Bueno, en verdad no había dormido tranquilo, pero quizá muy profundamente. ¿Qué hacer ahora? El próximo tren salía a las siete; para alcanzarlo, tendría que darse una prisa loca y la colección de muestras estaba sin meter en la maleta. Él mismo no se sentía muy despabilado y ágil. E incluso alcanzando el tren de las siete, la bronca del jefe sería inevitable, pues el mozo de la tienda le estaba esperando a las cinco en el andén y ya habría informado de que él no había partido. El mozo era una criatura del jefe, sin espinazo y sin cabeza. ¿Qué pasaría si se diera por enfermo? Pero esto resultaría extremadamente delicado y sospechoso, pues en cinco años de servicio Gregorio no había estado enfermo ni una sola vez. Probablemente vendría el jefe con el médico del Seguro, reprocharía a sus inocentes padres tener un hijo tan holgazán y cortaría en seco toda objeción remitiéndose al médico, para quien sólo había personas perfectamente sanas pero haraganas. Y, en su caso, quizá no estaría del todo equivocado. En realidad, haciendo caso omiso de una cierta somnolencia injustificable, Gregorio se sentía bastante bien e incluso tenía un hambre saludable.

Pensaba todo esto a la mayor velocidad posible y sin poderse decidir a levantarse —en este momento dieron las siete menos cuarto—, cuando sonaron unos golpecitos cautelosos en la puerta que estaba detrás de la cabecera de su cama. «Gregorio —era la madre—, son las siete menos cuarto. ¿No te querías ir?» ¡Qué voz tan suave! En cambio, al contestar, la suya le asustó. Era sin duda su voz de siempre, pero parecía que desde abajo se le mezclaba un pitido irreprimible y doloroso que deformaba extrañamente las palabras. Gregorio hubiera querido explicarse, pero, en estas circunstancias, se limitó a contestar: «Sí, sí, madre, ya me levanto.» Es posible que, gracias a la puerta de madera, desde fuera no se notara el cambio en la voz de Gregorio, pues la madre se tranquilizó y se fue arrastrando los pies. Pero a causa de este pequeño intercambio de palabras los demás miembros de la familia se habían dado cuenta de que, contra toda previsión, Gregorio aún estaba en casa. Y ya golpeaba el padre en la puerta lateral, débilmente pero con el puño: «Gregorio, Gregorio —llamó—, ¿qué pasa?» Y después de un ratito llamó de nuevo, pero con voz más sonora: «¡Gregorio, Gregorio!» En la otra puerta lateral dijo la hermana en tono plañidero: «Gregorio, ¿no estás bien? ¿Necesitas algo?» Gregorio contestó en las dos direcciones: «¡Ya estoy listo!», tratando de pronunciar con claridad y haciendo largas pausas entre palabra y palabra para disimular lo insólito de su voz. El padre volvió a su desayuno, pero la hermana susurró: «Gregorio, abre te lo suplico.» Pero Gregorio ni pensó en abrir, congratulándose por su precaución, adquirida en los viajes, de cerrar todas las puertas con llave.

Más que nada deseaba levantarse tranquilo, arreglarse sin ser molestado, desayunar. Después pensaría lo que convenía hacer, porque era evidente que en la cama no llegaría a ninguna conclusión razonable. Se acordó de que a veces había sentido algún dolorcillo en la cama, quizá motivado por alguna postura incómoda, y que, al levantarse, había resultado ser pura imaginación. Tenía curiosidad por ver cómo sus imaginaciones de hoy se desvanecían poco a poco. No le cabía ni la menor duda de que la alteración de su voz era el síntoma de un fuerte resfriado, enfermedad típica del viajante.

Deshacerse del cobertor era muy sencillo. Sólo necesitaba hincharse un poco y ya se caía solo. Pero lo demás se le hizo difícil, sobre todo porque estaba tan descomunalmente gordo. Habría necesitado brazos y manos para incorporarse; pero en su lugar sólo tenía esas patitas múltiples que sin cesar estaban en un confuso movimiento que no podía controlar. Si quería doblar una, lo primero era estirarse. Pero si finalmente lograba hacer con esa pata lo que se había propuesto, a todas las demás les entraba la más frenética y dolorosa agitación. «Todo menos entretenerse inútilmente en la cama», se dijo Gregorio. Intentó sacar del lecho primero la parte inferior de su cuerpo, pero esta parte que aún ni había visto y de la que no lograba hacerse una imagen clara, resultó muy difícil de mover: y cuando por fin, casi enloquecido pero con toda su fuerza y sin consideración, se dio un impulso hacia adelante, resultó que se había equivocado de dirección y se golpeó violentamente contra la madera de los pies de la cama. El dolor acuciante que sintió le aleccionó: precisamente la parte inferior de su cuerpo era la más sensible.

Por eso trató ahora de sacar primero la parte superior de su cuerpo y con mucho cuidado giró la cabeza hacia el borde de la cama. Esto resultó fácil y la masa del cuerpo ancho y pesado terminó por seguir el movimiento de la cabeza. Pero cuando, por fin, tuvo la cabeza colgando fuera de la cama, le entró miedo de seguir adelante, porque si se dejaba caer finalmente, tendría que ocurrir un verdadero milagro para que no se golpeara la cabeza. Y justo ahora no debía, por nada del mundo, perder el sentido; era preferible quedarse en la cama.

Pero cuando tras un esfuerzo igual y con un suspiro se encontró otra vez en la misma posición de antes, viendo cómo sus patitas luchaban aun más frenéticamente entre sí y sin lograr dominar este desorden, se dijo una vez más que era imposible permanecer por más tiempo en la cama y que valía más arriesgarlo todo antes de quedarse así. Al mismo tiempo, no dejó de razonar que era mucho mejor pensar las cosas con calma —con la mayor calma— y no tomar decisiones desesperadas. Volvió a dirigir los ojos a la ventana, pero la niebla mañanera que no dejaba ver el otro lado de la calle no podía inspirar ánimos a nadie. «Ya son las siete —se dijo cuando el reloj dio la hora—, las siete y todavía hay tanta niebla.» Y durante un ratito se estuvo quieto, respirando débilmente, como si tuviera la esperanza de que una quietud total le devolvería a la normalidad. Pero luego se dijo: «Antes de que den las siete y cuarto debo haber abandonado la cama. Entonces ya habrá venido alguien del almacén, para preguntar por mí, pues el almacén se abre antes de las siete». Y ahora comenzó a avanzar hacia el borde de la cama, balanceando todo el cuerpo uniformemente. Si de esta manera se dejaba caer de la cama, la cabeza, que trataría de mantener en alto, quedaría probablemente intacta. La espalda parecía dura y no le pasaría nada al caer sobre la alfombra. Lo que más le preocupaba era el estrépito que causaría la caída, estrépito que produciría susto o temores detrás de las puertas. Pero había que intentarlo, costase lo que costase.

Cuando Gregorio estaba con la mitad de su cuerpo fuera de la cama —el nuevo sistema era más un juego que un esfuerzo, pues sólo tenía que balancearse a impulsos—, se le ocurrió la idea de que todo sería muy sencillo si alguien viniera en su ayuda. Dos personas fuertes —pensó en el padre y en la criada— habrían sido suficientes; sólo tendrían que pasar sus brazos por debajo de su espalda, levantarle en vilo, agacharse con la carga y, ya cerca del suelo, volcarle. Entonces las patas probablemente entrarían en razón. Pero, aun sin contar con que las puertas estaban bajo llave, ¿era cierto que debía pedir socorro? A pesar de toda su miseria no pudo reprimir una sonrisita.

Ya estaba a punto de perder el equilibrio —sólo faltaba un último balanceo y había que decidirse porque, en cinco minutos ya serían las siete y cuarto—, cuando sonó el timbre de la casa. «Este es alguien del almacén», se dijo, quedando casi de una pieza mientras sus patitas se agitaban todavía más. «No abren», se dijo, presa de una esperanza irracional. Pero luego, naturalmente, la criada fue con paso firme a la puerta y abrió. Gregorio sólo necesitaba oír la primera palabra del visitante para saber quién era: era el Procurador en persona. ¿Por qué Gregorio estaba condenado a servir en una empresa donde, al menor descuido, se sospechaba lo peor? ¿Es que todos los empleados sin excepción eran unos bribones? No podía haber entre ellos ni siquiera uno que fuera fiel y servicial, siquiera uno que, casi enloquecido por el remordimiento de no haber aprovechado las primeras horas de la mañana en pro de la empresa, se sentía incapaz de abandonar la cama. ¿No era suficiente mandar a un aprendiz a preguntar por él —si era imprescindible mandar a alguien—, tenía que ser el mismísimo Procurador quien se molestara para dar a entender a la inocente familia que las averiguaciones en tan espinoso asunto sólo podían ser confiadas a la preclara inteligencia de un procurador? Y, más por la excitación que le causaron esos pensamientos que por una auténtica decisión, Gregorio tomó impulso y se arrojó fuera de la cama. Hubo un golpe seco aunque no muy estrepitoso. La alfombra amortiguó la caída y la espalda era más flexible de lo que había pensado: de ahí que el sonido resultara sordo y poco llamativo. Pero no había tenido suficiente cuidado con la cabeza, en la que se dio un buen golpe. Con disgusto y dolor, la restregó contra la alfombra.

«Ahí dentro cayó algo», dijo el Procurador en la habitación de la izquierda. Gregorio trató de imaginar si algo parecido no le podría suceder también alguna vez al Procurador. En el fondo, no había que descartar esta posibilidad. Como contestación brutal a este interrogante, el Procurador dio unos pasos decididos hacia delante, haciendo chirriar sus botas de charol. Desde la habitación de la derecha susurró la hermana: «Gregorio, está el procurador.» «Ya lo sé», murmuró Gregorio. No se atrevió a decirlo en voz alta y la hermana no lo oyó.

«Gregorio —dijo ahora el padre desde la habitación de la izquierda—, ha venido el señor Procurador para preguntar por qué no saliste en el tren de la madrugada. No sabemos qué decirle. También desea hablar contigo personalmente. Por favor, abre la puerta. El señor Procurador tendrá la bondad de disculpar el desorden en la habitación.» En lo que el padre hablaba, el Procurador dijo en tono afable: «Buenos días, señor Samsa.» «No se siente bien —intervino la madre—, créame que no se siente bien. ¿Cómo, si no, Gregorio sería capaz de perder un tren? El chico no tiene otra cosa en la cabeza que el almacén. Casi me enfado a veces porque jamás sale de noche; últimamente paró ocho días en la ciudad, pero todas las noches se quedó en casa. Aquí está, sentado con nosotros, leyendo el periódico o estudiando la guía de trenes. Como única distracción hace trabajitos de marquetería. En dos o tres veladas ha tallado un pequeño marco, le sorprendería ver lo precioso que es. Ya lo verá cuando Gregorio abra la puerta. Por lo demás, estoy feliz de que usted haya venido, señor Procurador, pues solos no habríamos conseguido que Gregorio abriera. Es tan terco y seguramente está indispuesto. aunque esta mañana lo negó.» «Voy en seguida», dijo Gregorio despacio, pero no se movió para no perder palabra de lo que hablaban. «Tampoco me lo puedo explicar de otra manera, señora —dijo el Procurador—. Espero que no sea nada grave. Por otra parte debo admitir que nosotros los hombres de negocios, por desgracia o por suerte, como se quiera tomar, a veces no tenemos más remedio que sobreponernos, en el interés de la empresa, a una ligera indisposición.» «Bueno, ¿ya puede entrar el señor Procurador?», preguntó el padre impaciente y volvió a dar golpes en la puerta. «No», dijo Gregorio. En la habitación de la izquierda se hizo un silencio embarazoso y en la de la derecha la hermana comenzó a sollozar.

¿Por qué no se juntaba la hermana con los demás? Seguramente se acababa de levantar y ni había comenzado a vestirse. ¿Y por qué lloraba? ¿Porque él no dejaba entrar al procurador, porque estaba en peligro de perder el puesto y porque entonces el Jefe volvería a perseguir a los padres con sus viejas pretensiones? Por ahora no había que preocuparse. Aquí estaba Gregorio, que no pensaba abandonar a su familia. Por el momento, estaba tirado en la alfombra y nadie que hubiera sabido en qué estado se encontraba le habría exigido que dejase entrar al Procurador. Por otra parte, por una pequeña descortesía para la cual, más tarde, ya se encontraría una excusa adecuada, no se le podía echar sin más ni más del empleo. A Gregorio le parecía mucho más razonable dejarle ahora en paz en lugar de molestarle con llantos y ruegos. Pero, claro, la incertidumbre afligía a los suyos y también disculpaba su comportamiento.

«Señor Samsa» —dijo el Procurador levantando la voz—, ¿qué pasa? Usted se atrinchera en su cuarto, sólo contesta con un "sí" o "no", preocupa grave e innecesariamente a sus padres y desatiende —para mencionarlo sólo de pasada— sus obligaciones laborales de una manera inaudita. Yo hablo aquí en nombre de sus padres y de su jefe y le ruego seriamente que dé una explicación ahora mismo. Estoy asombrado, lo que se dice asombrado. Creí conocerle, una persona tranquila y razonable, vamos, y ahora parece que quiere comenzar a hacer gala de unos caprichos extravagantes. Es cierto que el jefe me insinuó esta mañana una posible explicación de su falta —se refiere a los cobros que últimamente se le han confiado— pero yo di casi mi palabra de honor de que esta sospecha no podía venir a cuento. Y ahora veo su increíble terquedad y estoy perdiendo las ganas de interesarme por usted. Tengo que decirle que su posición de ningún modo es la más firme. Tenía la intención de decírselo en confianza, pero como usted ahora me hace perder el tiempo tan inútilmente, no sé por qué no lo habrían de saber también sus señores padres. En los últimos tiempos sus servicios eran muy poco satisfactorios. Reconocemos que la temporada actual no es de grandes negocios, pero temporadas de no hacer ningún negocio no existen, señor Samsa, ni deben existir.» «¡Pero señor Procurador! —exclamó Gregorio fuera de sí y olvidándose de todo lo demás—, si abro en seguida, ¡al instante! Un leve malestar, un ataque de vértigo, me impidieron levantarme. Todavía estoy en la cama. Pero ya me siento bastante bien. Ahora mismo salgo de la cama. ¡Tenga un poquito de paciencia! No va tan bien como creía, pero ya estoy mejor. ¿Cómo le puede suceder a uno algo así? Ayer por la noche estuve todavía bastante bien, mis padres lo saben, o mejor dicho, ya ayer por la noche tenía un pequeño malestar. Se me ha debido notar. ¿Por qué no habré avisado en el almacén? Porque uno piensa siempre que puede componerse sin necesidad de quedarse en casa. ¡Señor Procurador, no apene a mis padres! No hay motivo para que me haga los reproches que me está haciendo. Tal vez usted no ha leído los últimos pedidos que mandé. Saldré de viaje en el tren de las ocho. Estas pocas horas de reposo me han fortalecido. No se entretenga más, señor Procurador, yo mismo iré en seguida al almacén. Por favor, diga esto allí y presente mis respetos al señor Jefe.»

Y mientras que Gregorio profería todo esto precipitadamente, sin apenas saber lo que decía, se acercó fácilmente al armario —gracias al entrenamiento adquirido en la cama—, y ahora trataba de incorporarse apoyándose en él. Quería, en efecto, abrir la puerta, dejarse ver y hablar con el Procurador: tenía una curiosidad acuciante por saber qué dirían los que tanto deseaban verle. Si se asustaban, la culpa no era suya y podría estar tranquilo. Si, en cambio, todos lo tomaban con calma, él tampoco necesitaba alterarse y podría, dándose prisa, alcanzar el tren de las ocho. Se resbaló algunas veces del liso armario pero, dándose un último impulso, por fin quedó derecho. Ya no prestó atención al dolor en el abdomen. Ahora se dejó caer contra el respaldo de una silla cercana, en cuyos bordes se sujetó con las patitas. Con ello había recuperado el dominio de sí mismo y quedó callado porque ahora podía escuchar al Procurador.

«¿Han entendido ustedes una sola palabra? —preguntó el Procurador a los padres—, ¿no será que nos está tomando el pelo?» «¡Por el amor de Dios! —exclamó la madre llorando—, quizá está gravemente enfermo y nosotros le atormentamos. ¡Greta, Greta!», gritó. «¿Madre?», contestó la hermana del otro lado. Se hablaban a través del cuarto de Gregorio. «Tienes que buscar inmediatamente al médico. Gregorio está enfermo. ¡Rápido! ¿Oíste hablar a Gregorio?» «Era la voz de un animal», dijo el Procurador en tono extrañamente quedo en comparación con el griterío de la madre. «¡Ana, Ana! —llamó el padre a través del vestíbulo a la cocina dando palmadas—, ¡vaya a buscar inmediatamente a un cerrajero!» Y ambas muchachas corrieron hacia la entrada. ¿Cómo pudo vestirse la hermana tan rápidamente? No se oyó ningún portazo: dejaron la puerta abierta, como suele ocurrir en casas donde ha sucedido una desgracia.

Pero Gregorio se había tranquilizado mucho. ¿De modo que no se entendía lo que decía a pesar de que sus palabras le habían parecido muy claras, más claras que nunca? Tendría el oído acostumbrado. Pero siquiera habían comprendido que algo no estaba en orden y querían ayudarle. La eficacia con que se habían tomado las primeras medidas le inspiraba confianza y le reconfortaba. Se sentía otra vez incluido en el círculo de los seres humanos y esperaba, tanto del médico como del cerrajero, obras maravillosas y contundentes. Con el fin de aclararse la voz para las conversaciones inminentes, tosía un poco, esforzándose por hacerlo de una manera sofocada, ya que incluso ese carraspeo no sonaría como una tos humana, cosa que ya no se atrevía a pretender. En la sala de al lado, todo estaba en silencio. Quizá los padres y el Procurador estaban sentados a la mesa cuchicheando o quizá estaban todos con la oreja pegada a la puerta.

Gregorio avanzó con silla y todo hasta la puerta, se tiró sobre ella y, gracias a la pequeña viscosidad que tenían los pulpejos de sus patas, se mantuvo adherido a ella. Descansó un momento. Luego, acometió la tarea de hacer girar la llave. Lamentablemente, no parecía tener lo que se dice dientes —¿con qué agarraría la llave?—, en cambio, las mandíbulas eran muy fuertes. Con su ayuda logró poner la llave en movimiento. No reparó en que se hacía daño, ya que un líquido oscuro manaba de su boca, corría sobre la llave y goteaba hasta el suelo. «Atención —dijo el Procurador—, «está dando vuelta a la llave.» Esto alentaba a Gregorio, pero no era suficiente. Todos, también el padre y la madre, deberían animarle diciendo: «¡Duro, Gregorio, duro, dale a la llave!» Y con la idea de que todos estaban pendientes de sus esfuerzos, se aferró con todas sus energías a la llave. De acuerdo con las posiciones que ésta iba adoptando, bailoteaba alrededor de la cerradura. Tan pronto se sujetaba tan sólo con la boca, como se colgaba de la llave o la hacía bajar con todo el peso de su corpachón. El sonido limpio que produjo el cerrojo al retroceder le sacó de su ofuscación. Aliviado, se dijo: «Así que no he necesitado al cerrajero.» Entonces posó la cabeza en el picaporte para terminar de abrir la puerta.

A todo esto, Gregorio aún no era visible, pues la puerta apenas estaba entreabierta. Con sumo cuidado —no quería caerse de espaldas justo al entrar en la sala—, se las arreglaba para pasar al otro lado de la hoja. Estaba aún ocupado en esta difícil maniobra y, sin tiempo para fijarse en otra cosa, cuando ya oyó el estentóreo «¡Oh!» del Procurador. Sonó como si aullara el viento. Y ahora también le veía: Estando cerca de la puerta, se llevaba la mano a la boca, desmesuradamente abierta, y retrocedía como si una fuerza invisible le empujara. La madre —aquí estaba con el pelo aún sin recoger a pesar de la presencia del Procurador, pelo que cabalmente estaba erizado—, primero miró al padre con las manos unidas, implorantes, luego dio dos pasos en dirección a Gregorio para en seguida derrumbarse en un remolino de faldas. El padre, con expresión hostil, apretaba los puños, como si quisiera empujar a Gregorio de vuelta a la habitación. Luego miró con ojos extraviados en derredor suyo y rompió a llorar con grandes sacudidas de su poderoso pecho.

Gregorio ni puso el pie en la sala, sino que se quedó arrimado a la hoja de la puerta que estaba fija. Sólo se podía ver la mitad de su cuerpo, con la cabeza asomando y atisbando furtivamente a los presentes. Entretando se había hecho de día. Se distinguía claramente una porción del enorme caserón negro y gris —era un hospital— del otro lado de la calle. Las ventanas se sucedían en hileras regulares en la fachada. Aún estaba lloviendo, pero las gotas se podían ver una por una, una por una caían sobre la tierra. Sobre la mesa estaba aún servido el desayuno —un desayuno copioso, pues para el padre era la comida más importante del día, que prolongaba durante horas leyendo los periódicos—. De la pared de enfrente colgaba una fotografía de Gregorio de los tiempos de su servicio militar. Lucía el uniforme de teniente, con la mano sobre la espada, con sonrisa despreocupada y como pidiendo respeto ante su pose y su uniforme. La puerta al vestíbulo estaba abierta; también la de la entrada, por la cual se veía el comienzo de la escalera.

«Bueno —dijo Gregorio, consciente de que era el único que había guardado la calma—, ahora mismo me vestiré, meteré la el muestrario en la maleta y tomaré el tren. ¿Me vais a dejar partir? Usted ve, señor Procurador, que no soy tan testarudo y, además, me gusta trabajar. Viajar es penoso, pero yo no podía vivir sin viajar. ¿A dónde va usted, señor Procurador? Al negocio, ¿verdad? ¿Lo contará todo conforme a la verdad? En un momento dado uno puede ser incapaz de trabajar, pero este es justamente el momento indicado para acordarse de los servicios prestados y considerar que, cuando los obstáculos se hayan allanado, se trabajará con tanto mayor ahínco y dedicación. Yo le estoy muy agradecido al señor Jefe, usted lo sabe bien. Por otro lado, me preocupan mis padres. Estoy en un aprieto, pero estoy seguro de salir de él. No me lo haga más difícil. ¡Póngase de mi parte en el negocio! No se quiere al viajante, lo sé. Se piensa que gana un montón de dinero y lleva una vida holgada. No hay un motivo especial para rectificar este prejuicio. Pero usted, señor Procurador, tiene una mejor visión que el resto del personal, incluso, dicho sea en confianza, mejor que el mismo señor Jefe que, en su calidad de empresario, se deja impresionar fácilmente en contra de un empleado. También sabemos perfectamente que el viajante, estando casi todo el año ausente, es fácil víctima de habladurías, apariencias y quejas infundadas contra las cuales le es imposible defenderse, pues se entera cuando vuelve agotado de su viaje. Sólo entonces sufre en su persona los efectos de unas causas que ya no puede desenmarañar. Señor Procurador, no se vaya sin decirme una palabra que me demuestre que me comprende siquiera en alguna pequeña medida.»

Pero ya desde las primeras palabras de Gregorio, el Procurador había dado media vuelta, mirándole constantemente por encima de un hombro crispado y con un gesto de asco en los labios. Durante todo el discurso de Gregorio no se paró ni un momento, sino que se iba retirando, sin dejar de mirar a Gregorio, hacia la puerta, lentamente, como si estuviera prohibido abandonar la estancia. Ya había ganado el vestíbulo y, por el brusco movimiento con que dio el último paso, se habría podido creer que se había abrasado la planta del pie. Una vez en el vestíbulo, lanzó las manos hacia adelante, hacia la escalera, como si ahí le esperara una salvación nada menos que sobrenatural. Gregorio juzgó que de ninguna manera podía permitir que el procurador se fuera en este estado de ánimo, si no quería que peligrara su puesto. Los padres no podían comprender esto. Durante largos años habían acariciado la idea de que Gregorio tenía una colocación para toda la vida. Además, las preocupaciones del momento les hacían perder toda visión de futuro. Era imperativo retener, tranquilizar, convencer y ganarse al Procurador; el porvenir de Gregorio y de toda la familia dependía de ello. ¡Si sólo estuviera aquí la hermana!

Era inteligente y ya había llorado cuando Gregorio estaba aún inmóvil sobre la espalda. Seguramente el Procurador, este amigo de las damas, se habría dejado llevar por ella. Ella habría cerrado la puerta delante de él y habría terminado quitándole el susto. Pero, de hecho, la hermana no estaba y Gregorio tuvo que actuar por sí mismo. Y sin tener en cuenta sus actuales facultades de movimiento, y sin ponderar que su último discurso probablemente tampoco había sido inteligente, se soltó de la hoja de la puerta y se coló por la apertura. Quería a toda costa avanzar hasta el Procurador que, ridículamente, se cogía con las manos a la barandilla de la escalera. Pero Gregorio, buscando un apoyo y dando un pequeño grito, cayó en seguida sobre sus muchas patas. Apenas le había sucedido esto cuando, por vez primera en la mañana, se sintió físicamente bien. Las patitas estaban en suelo firme y obedecían perfectamente. Incluso se empeñaron en llevarle exactamente adonde él quería. Y ya pensó que el fin de sus calamidades estaba cerca. Pero he aquí que había aterrizado no lejos de la madre, justo enfrente de ella. Ésta, que había parecido totalmente perdida en sí misma, se levantó de golpe, los brazos extendidos y los dedos crispadamente abiertos, y gritó: «¡Socorro, por amor de Dios, socorro!» Luego alargó el cuello para ver mejor a Gregorio, pero, al mismo tiempo, iba retrocediendo fuera de sí. Había olvidado que detrás de ella estaba la mesa con el desayuno y, al llegar a ella, se sentó simplemente encima. No parecía percatarse de que había tirado la cafetera, de la cual manaba el café hasta la alfombra.

«Madre, madre», dijo Gregorio, alzando los ojos hacia ella. Por un momento se olvidó del Procurador; en cambio, viendo cómo se derramaba el café, no pudo resistir la tentación de dar unos cuantos bocados al vacío. Mirándole, la madre dio otro grito, se soltó de la mesa y cayó en los brazos del padre, que había corrido a su encuentro. Pero ahora Gregorio no tenía tiempo para los padres. El Procurador ya había ganado la escalera y, con la barbilla sobre el pasamanos, echaba un último vistazo hacia atrás. Gregorio tomó carrerilla para alcanzarle, pero el Procurador debió de intuir algo, pues, saltando varios peldaños a la vez, desapareció, no sin dejar de soltar todavía un «¡Hu!» que resonaba por todo el vano de la escalera. La huida del Procurador parecía asumir también al padre en una penosa confusión. Hasta aquí, había estado relativamente sereno, pero ahora, en lugar de correr tras el Procurador o, al menos, de no estorbar a Gregorio en su persecución, agarró con la diestra el bastón que aquél había dejado junto al sombrero y al abrigo; con la otra, tomó un gran periódico de encima de la mesa y, dando patadas en el suelo y esgrimiendo bastón y periódico, comenzó a espantar a Gregorio hacia su habitación. Ninguna súplica valía, ningún ruego fue escuchado. Por humildemente que bajara la cabeza, el padre sólo daba patadas más aterradoras. A pesar del tiempo fresco, la madre había abierto la ventana y, sacando medio cuerpo afuera, hundía la cara en sus manos. Entre la calle y la escalera se originó una fuerte corriente de aire. Las cortinas se inflaban, los periódicos revoloteaban encima de la mesa; algunas hojas llegaron a barrer el suelo. Inexorablemente le hacía retroceder el padre, emitiendo un silbido salvaje. Pero Gregorio no tenía ninguna práctica en andar hacia atrás; esto iba realmente demasiado despacio. Si hubiera podido dar la vuelta, en seguida habría estado en su cuarto. Pero temía impacientar al padre con esta complicada maniobra. El golpe mortal en la cabeza o en la espalda parecía inminente. Por fin, no tuvo más remedio que darse la vuelta, pues se dio cuenta, con terror, de que, yendo hacia atrás, perdía el sentido de la orientación. Y así comenzó, mirando al padre sin cesar de reojo y lleno de angustia, a dar media vuelta lo más rápidamente que pudo. Tal vez el padre se dio cuenta de su buena voluntad, pues no le importunó mientras lo hacía, sino que incluso dirigió el viraje de cuando en cuando, desde lejos, con la punta del bastón. Lo insoportable era ese silbante acoso del padre; le hacía perder la cabeza. Ya casi había completado la vuelta cuando, siempre atento al silbido del padre, se equivocó y viró otro poco hacia atrás. Pero cuando por fin había llegado con la cabeza a la puerta entreabierta, resultó que su cuerpo era demasiado ancho como para pasar sin más ni más. Al padre no se le ocurrió abrir la otra hoja de la puerta, para que Gregorio pudiera pasar. Estaba obsesionado con la idea de que Gregorio tenía que meterse en su habitación lo antes posible. Jamás el padre le habría concedido el tiempo necesario para efectuar los complicados preparativos que le permitieran incorporarse y pasar sin daño. En cambio, espoleaba a Gregorio con una furia aun mayor, como si no hubiera obstáculo alguno. Lo que se oía detrás de Gregorio ya no era la voz de un padre cualquiera. No era broma y Gregorio no tenía más remedio que meterse por la fuerza en su habitación. Un lado de su cuerpo se levantó y todo él quedó encajado en posición oblicua. Uno de sus flancos estaba despellejado y feas manchas quedaron en la blanca puerta. No se podía mover. Las patitas de un lado temblaron en el vacío, las del otro estaban dolorosamente chafadas contra el suelo. Entonces, el padre le dio un empujón que era salvador, pues cayó sangrando profusamente, en medio de la habitación. La puerta se cerró con un golpe de bastón y luego, por fin, silencio.

II

Al anochecer, Gregorio se sintió interrumpido en su pesado y languideciente sueño. No habría tardado en despertarse por sí solo, pues había dormido bastante, pero le parecía haber oído unos pasos furtivos, como si alguien hubiera cerrado sigilosamente la puerta que conducía a la antesala. Los faroles eléctricos de la calle echaban pálidos reflejos sobre el cielo raso y la parte superior de los muebles, pero Gregorio yacía en la oscuridad. Tanteando torpemente con sus antenas —que sólo ahora empezaba a apreciar—, se encaminó lentamente hacia la puerta, para averiguar lo que había sucedido. Su flanco izquierdo parecía ser una única herida larga y tirante, lo que hacía que cojeara sobre las dos filas de patas. Durante los sucesos de la mañana, una pata había sido gravemente lesionada —casi era un milagro que no fuera más que una— y colgaba sin vida.

Al llegar a la puerta se dio cuenta de lo que, en primer término, le había atraído: el olor a algo comestible. Había una escudilla con leche azucarada en la cual flotaban unas rebanadas de pan blanco. Casi se echó a reír de placer, porque estaba aun más hambriento que por la mañana y, en el acto, metió la cabeza hasta los ojos en ella. Pero pronto la retiró decepcionado; no sólo porque comer le resultó dificultoso a causa de su dolorido flanco —sólo podía comer si todo el cuerpo cooperaba, resollando con trabajo—, sino porque la leche, que solía ser su bebida predilecta y que la hermana, sin duda, había traído por esto, no le gustó; de modo que se apartó casi con repugnancia de la escudilla, arrastrándose de nuevo hasta el centro de la habitación. Como Gregorio pudo ver por la rendija de la puerta, en la sala estaba encendida la lámpara de gas. Pero mientras el padre a esta hora normalmente leía el diario de la tarde en voz alta a la madre, y a veces también a la hermana, ahora no se movía ni una hoja. Quizá últimamente esta lectura, de la que su hermana siempre le contaba y escribía, había caído en desuso. Lo extraño era que todo estaba en silencio, aunque, con toda seguridad, la casa no estaba vacía. «Qué vida tan apacible tiene mi familia», se dijo Gregorio y sintió, inmóvil, sumido en la oscuridad, un gran orgullo por haber podido procurar a padres y hermana una tal vida y en una vivienda tan buena. ¿Y si ahora la tranquilidad, el bienestar y la felicidad habían llegado a un fin horroroso? Para no perderse en tan tristes pensamientos, Gregorio se puso en movimiento, yendo y viniendo por el suelo de la habitación.

Una vez durante este largo anochecer alguien entreabrió primero las puertas laterales. Alguien se proponía entrar, sin decidirse. Gregorio se apostó directamente delante de la puerta de la sala, decidido a atraer al vacilante, a descubrir siquiera quién era. Pero la puerta no se volvió a abrir y Gregorio esperó en vano. En la madrugada, cuando todas las puertas estaban cerradas con llave, todos querían entrar, y ahora que él mismo había abierto una y que las demás evidentemente habían sido abiertas durante la jornada, nadie venía. Las llaves estaban por fuera. Tarde, en la noche, se apagó la luz en la sala y era fácil deducir que tanto los padres como la hermana se habían quedado levantados hasta estas altas horas, porque se podía oír perfectamente cómo se retiraban de puntillas. Con seguridad, ya nadie entraría hasta la mañana siguiente. Por lo tanto, tenía mucho tiempo por delante para pensar cómo podría reordenar su vida. Pero esta habitación de techo tan alto, donde él no tenía más remedio que estar pegado al suelo, le inspiraba aprensión, sin que pudiera dilucidar la causa, pues había sido suya desde hacía cinco años. Con un giro medio inconsciente y no sin cierto sentimiento de vergüenza, se metió debajo del sofá, donde en seguida se sintió más a gusto, a pesar de que se aplastaba la espalda y de que no podía levantar la cabeza. Lamentó únicamente que su cuerpo fuera demasiado ancho como para instalarlo del todo debajo del sofá. Allí se quedó toda la noche, en parte en un semisueño del cual el hambre le despertaba una y otra vez, en parte sumido en preocupaciones mezcladas con imprecisas esperanzas que, indistintamente, le llevaban a la misma conclusión: de momento había de tener un comportamiento muy comedido, de infinito cuidado y paciencia, para que a la familia no se le hiciera insoportable la situación que, en su actual estado, se veía forzado a producir.

Temprano por la mañana —casi era de noche aún—, Gregorio tuvo la oportunidad de comprobar la consistencia de sus decisiones recién tomadas, pues, desde la antesala, la hermana, ya casi vestida, abrió la puerta y miró adentro con vivísima atención. No le encontró en seguida pero, cuando le descubrió debajo del sofá —¡por Dios, si no podía haber volado, en alguna parte tenía que estar!—, se asustó tanto que, sin poderse dominar, volvió a cerrar la puerta. Pero como si se arrepintiera de su conducta, la volvió a abrir al instante y entró de puntillas, como si fuera a ver a un enfermo gravísimo o a un extraño. Gregorio había estirado la cabeza hasta el borde del sofá y observaba. ¿Se daría cuenta la hermana de que no había tocado la leche? Y no por falta de hambre, ¡viva el cielo! ¿Traería otra clase de alimento? Si no lo hacía por sí misma, él preferiría morir de hambre antes de pedírselo. En realidad, tenía unas ganas tremendas de salir de debajo del sofá, echarse a los pies de la hermana y pedirle algo bueno de comer. Pero la hermana reparó en seguida en que la escudilla estaba llena; sólo unas gotas se habían desparramado en derredor. La recogió, no con las manos desnudas, sino con un trapo viejo, y la llevó afuera. Gregorio tenía mucha curiosidad por ver qué traería en sustitución y tuvo las más diversas ocurrencias al respecto. Pero jamás habría podido imaginar lo que la hermana hizo con su gran bondad. Para probar sus gustos, le trajo una colección de alimentos y los extendió sobre un periódico viejo. Había una verdura medio podrida, huesos de la cena anterior, rodeados de una salsa blanca y solidificada, pasas y almendras, un trozo de queso que hacía dos días Gregorio había declarado incomestible, una rebanada de pan seco, una rebanada de pan untada con mantequilla, más otra rebanada con mantequilla y sal. Aparte ponía la escudilla con agua. Parecía que esta escudilla se la habían adjudicado para siempre. Y por delicadeza, sabiendo que delante de ella Gregorio no comería, la hermana se fue a toda prisa y hasta dio la vuelta a la llave, para que Gregorio notara que podía comer a sus anchas. Las patas de Gregorio corrieron cuando a comer había tocado. Parecía que sus heridas se habían curado, pues ya no sentía ninguna molestia, lo que le sorprendió porque, hacía algo más de un mes, se había cortado el dedo con un cuchillo y todavía anteayer le había dolido. «¿Será que tengo ahora menos sensibilidad?», pensó mientras chupaba ávidamente el queso que, entre los manjares, le había atraído más. Con los ojos bañados en lágrimas de felicidad, comía el queso, la verdura y la salsa sucesivamente. Los manjares frescos, en cambio, no le gustaron nada y no podía soportar ni su olor. Por esto apartaba un poco las cosas que pensaba ingerir. Hacía tiempo que había terminado la comilona pero, por pereza, se había quedado en el mismo lugar. Ahora la hermana comenzó a girar la llave lentamente en señal de que Gregorio se debía retirar. Se precipitó debajo del sofá. Pero le costó lo indecible permanecer allí mientras la hermana estaba en la habitación, porque, debido a la abundante comida, se le había redondeado el vientre y Gregorio casi se ahogaba en su estrecho escondrijo. Sufriendo pequeños accesos de asfixia y con los ojos salidos de sus órbitas, observaba cómo la hermana, sin barruntar esos apuros, barría no sólo los residuos sino incluso lo que Gregorio ni había tocado, como si tampoco esto fuera ya aprovechable. Lo metió todo junto en un cubo y lo tapó con una tapa de madera. Cuando la hermana se encaminó hacia la puerta, Gregorio salió de su prisión, estirándose y resoplando.

Así recibía Gregorio diariamente su sustento, una vez por la mañana, cuando padres y criada aún dormían, y otra después del almuerzo, cuando los padres dormían la siesta y la chica había salido a algún recado. Ellos seguramente no querían que Gregorio muriese de hambre, pero no tomaban cartas en el asunto. Y la hermana no les hablaría de ello para no ocasionarles una pena más, pues ya sufrían bastante. Ignoraba con qué excusa se había despachado aquella primera mañana al médico y al cerrajero porque, como no se le entendía, nadie —ni siquiera la hermana— pensó que él sí entendía a los demás. Y así, cuando ella estaba con él en la habitación, se tenía que contentar con escuchar nada más que invocaciones a los santos y suspiros. Más tarde, cuando ella se había habituado un poco —nunca se podría habituar plenamente—, Gregorio pudo de cuando en cuando pescar alguna expresión que quería ser cariñosa o podía, al menos, ser interpretada así. «Hoy sí que le ha gustado», solía decir cuando Gregorio había dado buena cuenta de los manjares. En el caso contrario, que poco a poco se iba repitiendo con mayor frecuencia, decía casi con tristeza: «Otra vez lo ha dejado todo.»

Pero si Gregorio no pudo enterarse directamente de ninguna novedad, sí oyó muchas cosas a través de las puertas. Desde donde quiera que oyese hablar, corría a la puerta correspondiente para ponerse en pie, pegado a ella. Sobre todo en los primeros tiempos no hubo conversación que no versara sobre él. Durante dos días deliberaron a la hora de comer sobre cómo tenían que comportarse; pero también entre las comidas se hablaba siempre del mismo tema, porque constantemente había por lo menos dos miembros de la familia, ya que nadie quería quedarse solo y tampoco se podía dejar la casa abandonada. Ya el primer día, la criada, de rodillas, había rogado a la madre que la dejara marcharse —no se sabía cómo se había enterado de lo sucedido, ni hasta qué punto comprendía la situación— y, cuando al cuarto de hora vino a despedirse agradeciendo con lágrimas que se la dejara partir, como si este fuera el mayor favor que se le podía hacer, pronunció, sin que nadie se lo hubiera pedido, un terrible juramento: no diría absolutamente nada a nadie.

Ahora la hermana tenía que ayudar a la madre a cocinar. Esto no implicaba mucho trabajo, pues casi no se comía. Siempre oía Gregorio cómo unos y otros se animaban a comer, y obtenían siempre la misma respuesta: «Gracias, ya está bien», o cosas por el estilo. Quizá tampoco bebían. La hermana preguntaba al padre si quería una cerveza, ofreciéndose a buscarla ella misma, y, al callarse el padre y para quitarle todo escrúpulo, añadía que también podría enviar a la portera a por ella. Entonces el padre profería un firme «no» y no se hablaba más de ello.

Ya en el curso de los primeros días el padre explicó tanto a la madre como a la hermana la situación económica en que se hallaban. De cuando en cuando se levantaba a sacar algún recibo o la libreta de notas de su pequeña caja fuerte «Wertheim» que había salvado de la bancarrota de hacía cinco años. Se le oía abrir y cerrar la complicada cerradura. Estas aclaraciones del padre fueron la primera cosa reconfortante que oyó Gregorio desde que se veía reducido a cautiverio. Había creído que no había quedado nada de aquel negocio, al menos el padre nunca le había dicho otra cosas. Verdad es que tampoco Gregorio le había preguntado acerca de ello. La única preocupación de Gregorio había sido entonces hacer lo que estuviera a su alcance para que la familia pudiera olvidar cuanto antes esa desgracia que les había sumido en la desesperanza. Y así comenzó a trabajar con extraordinario ardor, de modo que se convirtió casi de un día para el otro de un pequeño dependiente en viajante de comercio. Un viajante tenía otras posibilidades de ganar dinero. Sus éxitos se convertían en comisiones y éstas en dinero contante y sonante que se podía poner sobre la mesa de la casa. La familia estaba asombrada y feliz. Aquellos sí que fueron tiempos hermosos, tiempos que nunca más volvieron, al menos no en su primer esplendor, aunque Gregorio más tarde llegó a ganar dinero suficiente para afrontar él solo todos los gastos de la familia. Ésta, lo mismo que Gregorio, se había acostumbrado a ello; el dinero se aceptaba con gratitud y Gregorio lo daba con gusto, pero un auténtico calor ya no reinaba entre ellos. Sólo la hermana permaneció unida a Gregorio. Tenía el plan secreto de enviarla el año próximo al Conservatorio, pues, a diferencia de él, la hermana amaba la música y tocaba el violín de una manera encantadora. Si era verdad que esto ocasionaría importantes desembolsos, ya se cubrirían de algún modo. Durante las breves estancias de Gregorio en la ciudad, los dos hablaban del Conservatorio como de un hermoso sueño cuya realización era imposible. Los padres no querían oír estas inocentes ilusiones, pero Gregorio sí que lo pensó en serio y en la Nochebuena quería declarar su plan solemnemente.

Tales eran los ahora totalmente inútiles pensamientos que Gregorio revolvía en su mente mientras estaba pegado a la puerta. A veces una fatiga general le abatía y ya no podía escuchar; entonces se le caía la cabeza y daba contra la puerta. Pero en seguida la volvía a levantar, pues aun el leve ruido que había producido se notaba al otro lado, y los hacía enmudecer a todos. Después de un rato decía el padre, evidentemente en dirección a la puerta: «¿Qué estará haciendo otra vez?», y después la conversación volvía lentamente a su cauce.

Ahora Gregorio se enteró perfectamente, pues el padre lo repetía a menudo —en parte porque él mismo no se había ocupado del asunto durante algún tiempo, en parte porque la madre no entendía a la primera—, de que de los viejos tiempos había quedado un capitalito cuyo interés no había sido tocado y que había engrosado algo. Aparte de esto, el dinero que Gregorio traía todos los meses a casa —él sólo se reservaba una pequeña cantidad—, no se había gastado del todo y la economía familiar se había ido robusteciendo. Detrás de la puerta, Gregorio asintió entusiasmado con la cabeza, satisfecho de tanta suerte inesperada. Es cierto que con este dinero sobrante se habría podido ir pagando la deuda del padre y el día de su liberación habría estado más cercano. Pero, en estas circunstancias, las disposiciones del padre eran acertadas. A pesar de todo, este dinero era insuficiente para que la familia viviera de las rentas. Podría sostenerse durante un año, máximo dos, pero no más. Era una suma que, en lo posible, no había que tocar y que había que guardar para algún caso de emergencia. El dinero para vivir había que ganarlo. El padre era un hombre sano pero viejo que durante cinco años no había hecho nada. En estos cinco años —las primeras vacaciones en su vida fatigosa y desafortunada—, había engordado bastante. ¿Y cómo iba a ponerse a trabajar la madre? Sufría de asma, se cansaba con sólo recorrer la casa y uno de cada dos días lo pasaba acostada, con la ventana abierta de par en par a causa de los ahogos. ¿Y cómo iba a ganar dinero la hermana? Con sus diecisiete años aún era una niña que bien se merecía la buena vida que hasta ahora había podido llevar, arreglándose un poco, durmiendo mucho, ayudando en los quehaceres de la casa, participando en alguna diversión modesta y, sobre todo, tocando el violín. Siempre que se llegaba al extremo de hablar de la necesidad de ganar dinero, Gregorio se soltaba de la puerta, porque le entraba calor de tanta pena y vergüenza.

Muchas noches las pasaba Gregorio encima del sofá, sin dormir ni un instante y rascando el cuero durante horas. Otras veces se empeñaba en empujar la silla hasta la ventana. Apoyándose en ella, se encaramaba en el alféizar y, finalmente, en los cristales. Lo hacía por el vago recuerdo de que antes siempre le había relajado mirar por la ventana. Veía las cosas, aun las cercanas, de día en día más borrosas. El hospital cuya vista había maldecido tantas veces, ahora ya ni lo divisaba y, si no hubiera sabido que vivía en la tranquila pero metropolitana calle Carlota, habría podido creer que su ventana daba a un desierto donde el cielo gris y la tierra gris se confundían. La hermana sólo necesitaba ver dos veces que Gregorio había empujado la silla hasta la ventana para dejarla, en adelante, siempre allí, e incluso dejaba abierta la hoja interior de la ventana.

Si Gregorio sólo hubiera podido hablar con la hermana y agradecerle lo que hacía por él, le habría sido más llevadero aceptar sus cuidados. Pero así le hacían sufrir. La hermana trató de disimular el desagrado que le causaba todo esto y, cuanto más tiempo pasaba, mejor lo conseguía. Pero el mismo Gregorio se iba dando cuenta de muchas cosas. Su simple entrada era algo terrible para él. Apenas dentro y sin tomarse el tiempo de cerrar la puerta para que nadie le viera, corría a la ventana, la abría de par en par como si estuviera a punto de asfixiarse e, hiciera el frío que hiciera, se detenía allí respirando profundamente. Con estas prisas sobresaltaba a Gregorio dos veces al día. Todo el tiempo se ocultaba debajo del sofá. Bien sabía que, si de algún modo le hubiera sido posible a la hermana permanecer con la ventana cerrada, lo habría hecho.

Una vez —habría pasado un mes desde la metamorfosis de Gregorio— cuando ya no había motivo para que la hermana se alterase por su aspecto, ésta vino un poco antes que de costumbre y le encontró, con su espantosa figura, arrimado a la ventana. No le habría extrañado que no entrase, ya que, con él por delante, no la podría abrir. Pero no sólo esto, sino que dio un brinco hacia atrás, cerró la puerta de golpe. Naturalmente, Gregorio se escondió inmediatamente debajo del sofá, pero tuvo que esperar hasta el mediodía para que volviera y mucho más nerviosa que de costumbre. Comprendió que su visión era intolerable, que lo seguiría siendo, y que a ella le costaba un enorme esfuerzo no salir corriendo con sólo ver la pequeña parte de su cuerpo que asomaba por debajo del sofá. Para ahorrarle también esta visión, un día trasladó sobre su espalda —le costó un trabajo de cuatro horas— la sábana de la cama al sofá, donde la dispuso de manera que le cubriese totalmente; ni agachándose la hermana le podría ver. Si ella hubiera juzgado que la sábana era superflua, la habría podido retirar, pues era obvio que para Gregorio no era un placer aislarse tan absolutamente. Pero ella la dejó como estaba. Levantándola un poquitín con la cabeza para ver cómo tomaba la hermana su nueva instalación, incluso creyó descubrir en ella una expresión de alivio.

Durante los primeros quince días, los padres no se sintieron con valor para entrar en la habitación de Gregorio. Muchas veces oía cómo elogiaban a la hermana por la tarea que había tomado sobre sí. Antes siempre la solían regañar por su inutilidad. Frecuentemente la esperaban a la salida de la habitación, para que les contase con pelos y señales cómo había encontrado el cuarto, qué había comido Gregorio, cómo se había comportado y si no se podía apreciar una pequeña mejoría.

La madre quería visitar a Gregorio relativamente pronto, pero el padre y la hermana la disuadieron con muchas razones que Gregorio escuchó y aprobó plenamente. Más tarde fue necesario retenerla por la fuerza, y cuando gritaba «¡dejadme ir con Gregorio, mi hijo desgraciado!, ¿no comprendéis que tengo que ir con él?», a Gregorio se le antojaba que acaso sería bueno que viniera la madre, aunque naturalmente no todos los días, pero quizá una vez por semana. Ella comprendería todo mucho mejor que la hermana que, con toda su valentía, no era más que una niña y que, en última instancia, había tomado sobre sí esta pesada carga sólo por una especie de inconsciencia infantil.

El deseo de Gregorio de ver a la madre se cumplió pronto. Por consideración a los padres, durante el día Gregorio no quería dejarse ver en la ventana. Pero sobre los pocos metros cuadrados del suelo no podía caminar gran cosa; quedarse quieto durante toda la noche ya le costaba. Comer no le proporcionaba ni el menor placer. Así, tomó la costumbre de distraerse recorriendo las paredes y el techo. En especial, le gustaba estar colgado del techo; era otra cosa que estar tirado en el suelo; se respiraba mejor y una leve vibración recorría el cuerpo. Y, en un momento de feliz abandono, podía ocurrir que, para sorpresa suya, se soltara y, plaf, aterrizara en el suelo. Ahora dominaba su cuerpo mucho mejor que antes y no se hacía daño al caer de tan gran altura. La hermana se dio cuenta en seguida del nuevo entretenimiento que Gregorio había encontrado, pues al andar dejaba algún rastro de su líquido viscoso. A la hermana se le metió en la cabeza que había que facilitarle el ejercicio sacando del cuarto los muebles que le estorbaban, sobre todo el armario y el escritorio. Pero no podía sola y no se atrevía a pedirle ayuda al padre. La nueva criada —una chiquilla de dieciséis años— con toda seguridad no le habría ayudado tampoco. Aguantaba valientemente desde que se fue la cocinera, pero desde el principio había pedido el favor de poder mantener la puerta de la cocina cerrada, la abría sólo contra santo y seña. Así, la hermana no tuvo más remedio que, durante una ausencia del padre, ir en busca de la madre. Ésta se acercó en seguida dando voces de alegría, pero al llegar a la puerta se quedó callada. Primero entró la hermana a ver si todo estaba en orden, luego dejó pasar a la madre. A toda prisa Gregorio había bajado la sábana aun más; al mismo tiempo, le había dado unos pliegues más amplios; parecía enteramente una sábana echada al azar. Esta vez se abstuvo Gregorio de espiar desde debajo del sofá; renunció a ver a la madre. Sólo se alegraba de que, al fin, hubiera venido. «Ven —dijo la hermana—, no se le ve.» Evidentemente llevaba a la madre de la mano. Ahora Gregorio oyó cómo las dos frágiles mujeres empujaban el viejo y pesado armario; la hermana se empeñaba en hacer la parte del león en el trabajo, sin hacer caso a los ruegos de la madre, que temía que se cansara demasiado. Tardaban mucho. Seguían empujando pero, al cuarto de hora, la madre dijo que sería mejor dejar el armario donde estaba antes, porque, en primer lugar, pesaba demasiado y no podrían acabar antes de que llegara el padre, y tampoco lo podían dejar en medio de la habitación, pues obstruía el camino a Gregorio. En segundo lugar, dijo que no estaba segura de que se le hacía un favor a Gregorio quitando los muebles. A ella le parecía que todo lo contrario. La pared desnuda a ella le oprimía el corazón. ¿No le pasaría lo mismo a Gregorio, pues estaba acostumbrado a los muebles, y no se sentiría muy solo en una habitación vacía? «¿Y no será —añadió en un susurro, como para que Gregorio del que ni sabía dónde estaba escondido, no oyese el tono de su voz, ya que estaba convencida de que no entendía sus palabras—, «no será como si, alejando los muebles, diéramos a entender que hemos perdido toda esperanza y que le abandonamos? Creo que sería mejor dejar la habitación tal como estaba, para que cuando Gregorio vuelva a nosotros lo encuentre todo normal y así le sea más fácil olvidar lo pasado.» Al oír estas palabras, Gregorio comprendió que la falta de todo diálogo directo con los humanos, junto con la vida aislada en medio de su familia, le debían haber trastornado el juicio, pues de otra manera era inexplicable que hubiese podido desear seriamente que vaciasen su habitación. ¿Tenía realmente ganas de que su cálida habitación amueblada con muebles heredados, se convirtiese en una cueva donde, efectivamente, podría arrastrarse en todas direcciones pero a costa del total olvido de su pasado humano? Ya de por sí estaba a punto de olvidar, la voz de la madre le conmovió. ¡No había que sacar nada! No podía prescindir de los efluvios de los muebles; aunque los muebles le estorbaban en su ir y venir, esto no era un perjuicio, sino una gran ventaja.

Pero la hermana tenía otra opinión. No sin fundamento se había acostumbrado a hacer, en las cosas de Gregorio, el papel de experta, y ahora el consejo de la madre era razón más que suficiente para que se empeñara en que no sólo el armario y el escritorio, sino todos los muebles, a excepción del sofá, debían desaparecer. No eran únicamente esa especie de terquedad infantil y la seguridad en sí misma tan dolorosamente adquirida en el último tiempo los puntos de vista que la inducían a esta decisión. Había realmente observado que Gregorio necesitaba mucho espacio para moverse y que los muebles, era evidente, no le servían para nada. Pero también debía influir un cierto romanticismo propio de chiquillas de su edad, romanticismo con el que teñían todas las circunstancias. ¿No sería que quería hacer la situación de Gregorio aun más pavorosa de lo que era, sólo para hacerse aun más indispensable? Porque, a una habitación donde sólo un Gregorio dominaba las desnudas paredes, nadie se atrevería jamás a entrar, salvo ella misma.

Y así, la hermana no se dejó disuadir por la madre, la cual, además, se sentía muy insegura en este lugar y se calló pronto, ayudando a la hermana con todas sus fuerzas a sacar el armario. Bueno, si no había más remedio, Gregorio podía renunciar al armario, pero estaba decidido a defender el escritorio. Apenas las mujeres habían dejado la habitación empujando el armario entre gemidos, Gregorio sacó la cabeza de debajo del sofá para ver cómo podría intervenir con cautela y mano izquierda. Por desgracia, la madre era la primera en regresar mientras que Greta, en el cuarto de al lado, quedaba abrazada al armario, balanceándolo de un lado a otro sin que se moviera del lugar. Pero la madre no estaba acostumbrada a ver a Gregorio, su vista la podría enfermar, así que Gregorio se precipitó otra vez debajo del sofá, aunque no pudo evitar que la sábana se moviera un poco. Esto fue suficiente para alertar a la madre. Ésta quedó un momento indecisa y luego fue a buscar a Greta.

Ahora Gregorio se repetía una y otra vez que no pasaba nada si algunos muebles cambiaban de lugar. Pero pronto se sintió abrumado por el barullo que armaban las mujeres con su ir y venir, sus pequeñas exclamaciones y el chirriar de los muebles en el suelo. Por mucho que encogiera las patas y la cabeza y apretara la barriga contra el suelo, no podría aguantar mucho tiempo. Le vaciaban la habitación; le quitaban lo más querido; el armario donde tenía guardado el serrucho y otras herramientas ya se lo habían llevado; ya estaban aflojando el escritorio firmemente atornillado al suelo, donde él había hecho sus deberes cuando era alumno de la academia comercial, de la secundaria y hasta de la primaria. Ya no era capaz de sopesar las buenas intenciones de las dos mujeres, de las que —además— casi se había olvidado, pues el agotamiento las había hecho enmudecer. Ya sólo se oían las pisadas.

Y así —cuando la madre y la hermana se apoyaban en el cuarto de al lado un rato sobre el escritorio, para tomar aliento— salió de su escondite y echó a andar. Cambió cuatro veces de dirección, pues no sabía qué salvar primero. Entonces le llamó la atención el cuadro de la dama ataviada con pieles que colgaba solitario de la pared, trepó a él y apretujó su calenturiento vientre contra el frío cristal. Esto le hacía bien. Al menos, este cuadro que Gregorio tapaba por entero no se lo podrían llevar. Volvió la cabeza para ver regresar a las mujeres. No se habían permitido un gran descanso, pues ya estaban de vuelta. Greta rodeaba a la madre con un brazo y casi la llevaba en vilo. «¿Qué sacaremos ahora?», preguntó Greta y echó una ojeada en torno. Entonces se cruzó su mirada con la de Gregorio. Únicamente por la presencia de la madre conservó la compostura; inclinó la cabeza sobre la cara de la madre, para impedir que pudiese mirar en todas direcciones, y dijo temblando e irreflexivamente: «Ven, ¿no será mejor que vayamos un rato a la sala?» Para Gregorio, la intención de la hermana estaba clara: quería poner a la madre a salvo y luego volver para espantarle de la pared. ¡Que lo probara! Él estaba pegado a su cuadro y no lo soltaría. Antes saltaría a la cara de la hermana.

Pero las palabras de la hermana habían alertado a la madre. Se apartó y vio la enorme mancha marrón sobre el papel floreado y, antes de que cayera realmente en la cuenta de que esto era Gregorio, exclamó con voz ronca: «¡Oh Dios, oh Dios!», y cayó con los brazos abiertos sobre el sofá. «¡Tu, Gregorio!», gritó la hermana con el puño levantado y mirada fulminante. Desde su metamorfosis, eran las primeras palabras que le había dirigido directamente. Luego corrió al dormitorio para buscar alguna esencia que sacara a la madre del desmayo; Gregorio también quería ayudar —tiempo habría para salvar el cuadro—, pero estaba firmemente adherido al cristal y tuvo que arrancarse con fuerza. Corrió a la otra habitación como si pudiera dar un consejo a la hermana, como en los viejos tiempos; pero se quedó parado detrás de ella, sin hacer nada. Ella estaba revolviendo los frasquitos en busca del que convenía, cuando se asustó con su presencia. Dejó caer uno, que se rompió, y un fragmento hirió a Gregorio en la cara —era una medicina corrosiva que se expandía alrededor de él—. Entonces, la hermana agarró tantos frasquitos como pudo y corrió adonde estaba la madre. Cerró la puerta de un puntapié. Ahora Gregorio tenía cerrado el camino a la madre, quien, vaya uno a saber, quizá se estaba muriendo por su culpa. No debía abrir la puerta si no quería espantar a la hermana, quien bajo ningún concepto debía apartarse de la madre. No podía hacer otra cosa que esperar. Y, acosado por autorreproches y temores, comenzó a arrastrarse. Se arrastró por todo: muebles, paredes, cielo raso. Finalmente, desesperado y con la sala dándole vueltas, cayó en medio de la gran mesa.

Pasó un rato; Gregorio yacía extenuado; todo estaba en silencio, lo que quizá era una buena señal. Entonces tocaron el timbre. Naturalmente, la muchacha estaba encerrada en su cocina y tuvo que ir a abrir la hermana. Venía el padre. «¿Qué ha pasado?», fueron sus primeras palabras. El aspecto de Greta debió haberle revelado algo. Greta contestó con voz quebrada: «Mamá tuvo un desmayo, pero ya está mejor. Gregorio se ha escapado.» «Esto es lo que esperaba —dijo el padre—, siempre os lo he dicho, pero vosotras las mujeres no queréis oír.» Para Gregorio estaba claro que el padre había interpretado mal la excesivamente breve explicación de la hermana y que suponía que Gregorio había cometido algún acto brutal. Comprendió que antes que nada había que aplacar al padre, porque no había ahora tiempo ni posibilidad para informarle mejor. Así que huyó hacia la puerta de su cuarto y se apretó contra ella, para que el padre desde el vestíbulo pudiera ver que tenía toda la intención de desaparecer. No había necesidad de apremiarle, sólo abrir la puerta.

Pero el padre no estaba de humor como para fijarse en delicadezas. «¡Ah!», exclamó al entrar en un tono furioso y triunfante a la vez. Gregorio separó la cabeza de la puerta y la levantó hacia el padre. Nunca se había imaginado al padre como estaba ahora ahí, en pie. En el último tiempo, de tanto arrastrarse de acá para allá, había descuidado la observación de lo que pasaba en la casa; debería haber supuesto que algo había cambiado. Sin embargo, ¿era éste, todavía, el padre? ¿Era todavía el mismo hombre que, cansado, estaba sepultado en la cama cuando Gregorio salía de viaje? ¿El mismo hombre que, cuando regresaba de noche, le recibía en bata, sentado en su sillón, del que le costaba levantarse, que sólo alzaba los brazos en señal de bienvenida? El mismo hombre quien, en los raros paseos que daba la familia algún domingo o día festivo, caminaba entre la madre y Gregorio, que ya de por sí iban despacio. Pero el padre avanzaba siempre más despacio aún, empaquetado en su viejo abrigo y apoyándose en su bastón. Cuando quería decir algo, todos se tenían que parar alrededor de él. Ahora, en cambio, estaba allí bastante erguido. Llevaba un uniforme azul, bien ajustado y con botones de oro, como suelen llevar los ordenanzas de los bancos; por encima del cuello duro asomaba una papada doble; por debajo de las pobladas cejas brillaban unos ojos negros y penetrantes; el pelo, generalmente desgreñado, estaba bien peinado y lucía una raya perfectamente recta. Ahora tiró el gorro —provisto de un monograma de oro que sería el del banco— a través de toda la sala sobre el sofá y, echadas hacia atrás las alas de su larga levita, las manos en los bolsillos del pantalón, se acercó a Gregorio con cara sañuda. Quizá él mismo no sabía bien lo que iba a hacer. Al andar, levantaba mucho los pies y Gregorio se asombró del enorme tamaño de sus suelas. Pero no meditó sobre ello, pues sabía desde el primer día que el padre consideraba que había que tratarle con la mayor severidad. Y así corría delante del padre, se paraba cuando éste se detenía y, al menor movimiento, echaba de nuevo a correr. De este modo dieron varias vueltas alrededor de la sala sin que se produjera nada irreparable, incluso sin que, debido a su ritmo lento, esto aparentara ser una persecución. Gregorio permanecía en el suelo, porque temía que el padre interpretara una huida por la pared o el techo como una malicia especial. Por cierto que Gregorio sabía que no aguantaría por mucho tiempo esta carrera; mientras que el padre daba un paso, él tenía que ejecutar un sinnúmero de movimientos. Ya le faltaba el aliento —nunca había poseído unos pulmones muy fuertes—. En los breves intervalos de la carrera trataba de recuperar sus fuerzas cerrando los ojos, pues todo parecía tambalearse a su alrededor; en su embotamiento, ni pensó en otra salvación que en la de correr. Ya ni se acordó de las paredes —taponadas, por cierto, por muebles profusamente tallados y con muchas puntas y picos—, cuando algo, tirado con poco ímpetu, voló cerca de él y rodó por el suelo. Era una manzana, seguida rápidamente por otra; Gregorio se detuvo asustado; seguir corriendo era inútil, pues, por lo visto, el padre había decidido bombardearle. Del frutero se había llenado los bolsillos y tiraba, sin mucha puntería, manzana tras manzana. Estas rojas manzanitas corrían como electrizadas por el suelo, entrechocando. Una rozó la espalda de Gregorio pero sin hacerle mayor daño. Otra, en cambio, que vino inmediatamente detrás, literalmente se incrustó en su espalda. Gregorio quería seguir arrastrándose, como si el dolor increíble e inesperado pudiera desaparecer con un cambio de lugar. Pero por muchos esfuerzos que hacía, se quedó clavado y los sentidos se le nublaron. Con una última mirada pudo ver cómo se abría bruscamente la puerta de su habitación. La madre —en camisa, pues la hermana le había quitado el corpiño para que respirara mejor—, adelantándose a la hermana vociferante, se abalanzó sobre el padre. En el camino se le iban cayendo las faldas desanudadas, enredándola. La vista le fallaba a Gregorio, pero vio cómo la madre se echaba en los brazos del padr y, en perfecta unión con él, cogía su cabeza en sus manos y rogaba por la vida de Gregorio.

III

La grave herida le hizo sufrir durante más de un mes. Como nadie se atrevía a extraer la manzana de su espalda, aquélla quedó metida en su carne como vivo recuerdo de lo ocurrido. Hasta le recordaba al padre que Gregorio, a pesar de su triste y repulsiva apariencia actual, era al fin y al cabo un miembro de la familia, al que no se podía tratar como a un enemigo; era un deber tragarse la repugnancia y tolerarle, pero sólo tolerarle.

Gregorio había perdido probablemente para siempre su movilidad anterior; para atravesar su cuarto necesitaba largos, largos minutos, como si fuera un viejo inválido; trepar por las paredes era imposible. Pero, a pesar del terrible empeoramiento de su situación, Gregorio consideraba que quedaba largamente compensado por el hecho de que ahora todas las tardes se abría la puerta que daba a la sala de estar. Ya dos horas antes estaba acechando el momento. Una vez abierta, él se quedaba agazapado en la oscuridad, invisible desde la sala. Pero él podía ver a la familia reunida alrededor de la mesa iluminada; podía escuchar, con permiso de todos, por decirlo así, lo que hablaban.

Claro que ya no era la animada charla de tiempos pasados; charla que siempre había añorado cuando, cansado, se metía entre las húmedas sábanas de una modesta habitación de hotel. El padre pronto se quedaba dormido en su sillón; madre y hermana guardaban silencio; la madre, arrimándose a la luz, cosía lencería fina para una tienda de modas; la hermana, que se había colocado de vendedora, estudiaba por la noche taquigrafía y francés, con la esperanza de mejorar un día su posición. De cuando en cuando el padre se despertaba, como si no supiera que había dormido, y decía a la madre: «¡Hasta cuándo estarás cosiendo hoy!», quedándose dormido otra vez mientras que madre y hermana intercambiaban unas sonrisas furtivas.

Obstinadamente, el padre se negaba a quitarse ni siquiera en casa el uniforme; mientras la bata colgaba sin uso de la percha, el padre dormitaba completamente trajeado, como si estuviera siempre a punto de entrar en servicio y no hiciera sino esperar la voz de su jefe. Por esto, el uniforme, que ya desde el principio no había sido del todo nuevo, iba perdiendo su pulcritud a pesar de los cuidados de la madre y la hermana. Gregorio miraba horas y horas este vestido lleno de manchas y de botones relucientes, en el que el padre dormía incómoda pero tranquilamente.

Al dar el reloj las diez, la madre trataba de despertar al padre y de convencerle de que fuera a la cama, ya que aquí no descansaba bien. Insistía e insistía, aunque en voz baja. El padre necesitaba un buen sueño ya que a las seis tenía que estar en su puesto. Pero con la obstinación que le caracterizaba desde que era un ordenanza, siempre se empeñaba en quedarse más tiempo sentado a la mesa e irremediablemente dormido; costaba trabajo conseguir que cambiara el sillón por la cama. Por mucho que le pidiesen cariñosamente que se acostara, sólo movía la cabeza y no se decidía a levantarse. La madre le tiraba de la manga, le decía cosas al oído. La hermana abandonaba la tarea para colaborar con la madre, pero el padre no se daba por enterado y sólo se hundía más profundamente en la butaca. Sólo cuando las mujeres le cogían por debajo de las axilas, abría los ojos, miraba de una a otra y decía: «¡Qué vida esta! ¿Este es el descanso de mis viejos días?» Y, apoyado en las dos mujeres, se levantaba tan pesadamente como si fuera para sí mismo la mayor carga, se de-

jaba guiar por ellas a la puerta, les hacía señas de no seguir-
le y avanzaba por su propio pie. Pero la madre tiraba la costura, la hermana la pluma para correr detrás de él y echarle
una mano en la difícil operación de meterse en la cama.

¿Quién en esta familia sobrecargada de trabajo y de can-
sancio habría podido ocuparse de Gregorio más de lo estric-
tamente necesario? Los trabajos de la casa se fueron redu-
ciendo paulatinamente; la joven criada fue despedida. Una
sirvienta enorme y huesuda venía todas las mañanas y tardes
para hacer el trabajo más pesado; lo demás lo hacía la madre
aparte de su costura. Algunas alhajas que a la madre y la hermana les había encantado lucir en ocasiones festivas se habían vendido; Gregorio se había enterado cuando, de noche,
especulaban sobre el dinero obtenido. La mayor queja de todos era siempre la imposibilidad de mudarse de casa. En las
actuales circunstancias, el piso era demasiado grande, pero,
¿cómo trasladar a Gregorio? A Gregorio no se le escapaba
que él no era el único obstáculo para que tomaran una decisión. No era tan difícil transportarle en un cajón con unos
cuantos agujeros para que pudiese respirar. En realidad, les
abatía la desesperanza, la conciencia de haber sido golpea-
dos por una desgracia singular. Cumplieron hasta el último
extremo lo que el mundo exige de los pobres: el padre, buscando el desayuno a los más insignificantes empleados del
banco; la madre, sacrificándose por la ropa de gente extraña,
y la hermana, corriendo detrás del mostrador a capricho de
los clientes. Las fuerzas no alcanzaban para más. Y la herida
en la espalda de Gregorio dolía de nuevo cuando la madre y
la hermana volvían a acostar al padre y, sin retomar el trabajo, se sentaban juntas, mejilla contra mejilla. Ahora la madre
decía: «Cierra la puerta, Greta», y Gregorio quedaba sumido
en la oscuridad, mientras las mujeres lloraban o, vaya uno a
saber, miraban la mesa con los ojos fijos y sin una lágrima.

Gregorio se pasaba las noches y los días casi sin dormir. A veces pensaba que, al abrirse la puerta la próxima vez, él iba a adelantarse para tomar los asuntos de la familia en sus manos, como antes. En su mente reaparecieron el Jefe y el Procurador, el oficial y los aprendices, el mozo de cortas luces, dos o tres amigos de otros negocios, una camarera de un hotel provinciano —un recuerdo querido y fugaz—, una cajera de una tienda de sombreros a la que había hecho la corte en serio aunque no con suficiente prisa... Todos ellos emergían mezclados con gente extraña o ya olvidada. Pero en lugar de ayudarle a él y a su familia, se mostraban inasequibles, de modo que se sintió aliviado cuando volvieron a desaparecer. Otras veces no se sentía en absoluto con humor para ocuparse de la familia y sólo estaba furioso por lo mal que le atendían. Y, a pesar de que nada le apetecía, hacía planes. ¿Cómo podría meterse en la despensa y tomar para sí lo que por derecho le correspondía aunque no tuviera hambre? La hermana, sin importarle lo que le podría gustar, todas las mañanas y tardes antes de ir al trabajo empujaba con el pie cualquier cosa comestible dentro de la habitación. Y por la noche, sin reparar en si había comido o no —esto último era lo más frecuente—, sacaba todo con un escobazo. Ahora recogía la habitación por la noche y a toda velocidad. A lo largo de las paredes se acumulaba la suciedad, en el suelo había ovillos de polvo y pelusa. Durante un tiempo, Gregorio se puso en los sitios más afectados como para reprocharle su negligencia. Pero se habría podido quedar semanas allí sin que la hermana le hiciera caso. Ella veía la suciedad lo mismo que él pero, por lo visto, había decidido dejarla. Al mismo tiempo velaba celosamente, para que nadie le usurpara el derecho de ocuparse de la habitación; toda la familia parecía compartir su susceptibilidad en este punto.

No obstante, la madre hizo una vez limpieza a fuerza de varios cubos de agua. La humedad le molestaba y, amargado e inmóvil, Gregorio permaneció todo el tiempo encima del sofá. La madre no tardó en recibir su castigo. Porque, apenas se dio cuenta la hermana del cambio que se había producido durante su ausencia, corrió muy ofendida a la sala, donde, a pesar de que la madre levantaba las manos suplicante, rompió en un ataque de llanto. Del susto, el padre dio un respingo en el sillón. En el primer momento ninguno de los dos sabía qué hacer. Al fin reaccionaron. Por un lado, el padre reprochaba a la madre que no hubiera dejado la limpieza a la hermana, y por el otro, gritó a la hermana que nunca más le permitiría que limpiara la habitación. Mientras la madre trataba de arrastrar al enloquecido padre al dormitorio y la hermana, sacudida por los sollozos, golpeaba la mesa con sus puños, Gregorio emitía sonidos de furia, porque a nadie se le ocurría cerrar la puerta para ahorrarle esta escena y el alboroto. Aunque la hermana estuviese extenuada por el trabajo y harta de ocuparse de Gregorio como antes, no había necesidad de que se ocupara la madre. Tampoco había por qué dejarle abandonado, pues estaba la sirvienta. Esta viuda que, sin duda, había sobrevivido a los embates de la vida gracias a su robusta osamenta, no sentía una verdadera repugnancia hacia Gregorio. No por curiosidad, sino casualmente, había una vez abierto la puerta. Sorprendido, sin que ella le espantara, Gregorio había echado a correr. Ella se le quedó mirando, las manos juntas en el regazo. Desde entonces ningún día, mañana y tarde, dejó de abrir un poco la puerta para echarle un vistazo. Al principio, le llamaba con palabras que ella creía amistosas: «¡Ven acá, viejo escarabajo!» o «¡mirad, qué escarabajo estercolero!» Gregorio no contestaba a tales manifestaciones. Se quedaba en su lugar como si nadie hubiera abierto la puerta. Ojalá hubieran mandado a esta mujer que le limpiara la habitación todos los días. Así haría algo útil en vez de irrumpir en el cuarto siempre que le daba la gana. Una mañana —una fuerte lluvia azotaba los cristales, quizá anunciando la primavera— la sirvienta entró otra vez y Gregorio se amargó tanto que se encaminó hacia ella como si la fuera a atacar. En lugar de atemorizarse, la sirvienta levantó la silla más cercana. Aquí estaba, boquiabierta, y sólo cerraría la boca después de haber descargado el golpe sobre la espalda de Gregorio. Entonces él dio la vuelta. Ella dijo: «¿Así que no seguimos adelante?», y dejó la silla tranquilamente en el rincón.

Gregorio ya casi no comía. Cuando por casualidad pasaba por delante de la comida, tomaba como jugando un bocado, lo mantenía durante horas en la boca, para escupirlo finalmente. Primero pensó que era la pena por el estado en que había quedado su habitación, pero eran justamente las modificaciones con las que más pronto se había reconciliado. Habían contraído la costumbre de meter cosas que no cabían en otra parte, pues habían alquilado una habitación a tres huéspedes y sobraban muchas cosas. Todos estos señores tan formales —los tres llevaban barba como Gregorio tuvo ocasión de ver— exigían mucho orden no sólo en su habitación, sino en toda la casa y, en especial, en la cocina. No soportaban cachivaches superfluos y menos si estaban sucios. Además se habían traído la mayor parte de sus muebles. Esto hacía que sobraran muchas piezas que no eran vendibles pero que nadie quería tirar. Todas ellas iban camino de la habitación de Gregorio, lo mismo que el cajón de las cenizas y el de la basura. Todo lo que por el momento no servía, lo tiraba —simplemente— la sirvienta en el cuarto de Gregorio. Generalmente, éste no veía más que la mano que arrojaba el objeto. Acaso la sirvienta pensaría volver por estas cosas cuando le hicieran falta o, cuando tuviera tiempo, echarlas juntas a la basura. El hecho es que ahí quedaban, en el mismo sitio donde habían venido a caer, a no ser que Gregorio las empujara en sus deambulaciones, ya que no quedaba sitio por donde caminar. Si al principio lo hacía por necesidad, ahora lo hacía con creciente placer, aunque después de tales esfuerzos se sentía mortalmente cansado y triste y se quedaba quieto durante horas.

Como los inquilinos cenaban de cuando en cuando en la sala de estar, muchas noches la puerta permanecía cerrada; pero Gregorio renunciaba fácilmente a su privilegio, ya que muchas veces ni lo aprovechaba, quedándose, sin que la familia se diera cuenta, en el rincón más oscuro y sin mirar. Pero una vez la sirvienta dejó la puerta entreabierta y así quedó, incluso cuando más tarde los inquilinos entraron en la sala y se encendió la luz. Se sentaron a la mesa donde en otros tiempos se habían sentado el padre, la madre, la hermana y él mismo, desplegaron las servilletas y cogieron los cuchillos y tenedores. Inmediatamente apareció la madre con una fuente de carne, y tras ella, la hermana con una montaña de patatas. La comida echaba vapor. Los caballeros se inclinaban sobre las fuentes como si quisieran examinarlas antes de empezar a comer. En efecto, el caballero que estaba sentado a la cabecera y que parecía ser la autoridad, partió un trozo de carne aún en la fuente, evidentemente para probar si era suficientemente tierna o había que devolverla a la cocina. Quedó satisfecho, y madre y hermana, que lo habían observado con atención, respiraron aliviadas y comenzaron a sonreír. La familia comía en la cocina. Pero antes, el padre siempre entraba en la sala haciendo una reverencia y, gorra en mano, daba una vuelta alrededor de la mesa. Los tres caballeros se levantaban al unísono y murmuraban algo. Le extrañaba a Gregorio que entre los ruidos del comedor siempre destacasen los dientes en su acción de masticar. Parecía que le querían demostrar que para comer se necesitaban dientes y que las mandíbulas sin dientes no sirven para nada. «¡Tengo hambre —se dijo Gregorio preocupado—, «pero no me apetecen esas cosas. Me moriría si me alimentase como esos señores.»

Justo la noche en que la puerta quedó entreabierta, se dejó oír el violín desde la cocina. Gregorio no había vuelto a oír el violín durante todo ese tiempo. Los caballeros habían terminado de cenar. El de en medio había sacado el periódico y entregado una hoja a los otros dos. Ahora leían reclinados en sus butacas y fumaban. Cuando comenzó a sonar el violín, se levantaron y, de puntillas, fueron al vestíbulo, donde quedaron pie. Se les debió haber oído desde la cocina, pues el padre dijo en voz alta: «¿Les molesta a los señores la música? Si es así, puede cesar inmediatamente.» «Al contrario —contestó el señor de en medio—, ¿no le gustaría a la señorita venir a la sala? La sala es más confortable.» «Con mucho gusto», respondió el padre como si fuera él quien tocaba. Los señores volvieron a la sala y esperaron. Pronto apareció el padre con el atril, la madre con las partituras y la hermana con el violín. La hermana lo preparó todo con mucha calma. Los padres, que nunca habían tenido inquilinos y por esto exageraban la cortesía hacia ellos, no se atrevieron a tomar asiento en sus propios sillones. El padre quedó apoyado en la puerta con la mano derecha metida entre botón y botón de la chaqueta abrochada. Pero uno de los señores ofreció a la madre una butaca y ella se sentó en donde le habían indicado, en un rincón apartado.

La hermana comenzó a tocar. Padre y madre, cada uno desde su sitio, seguían atentamente los movimientos de sus manos. Atraído por los sones, Gregorio se había adelantado un poco y ya sacaba la cabeza fuera de la habitación. Apenas le sorprendió que, últimamente, guardara tan poca consideración para con los demás; antes había estado orgulloso de ser tan circunspecto. A todo esto, ahora más que nunca habría tenido motivos para esconderse, porque, a causa del polvo que había en su habitación que se levantaba al menor movimiento, él mismo estaba muy sucio. Arrastraba, sobre su espalda y en los costados, hilachas, pelos y restos de comida; su apatía era demasiado grande como para echarse de espaldas como antes y restregarla contra la alfombra. Y, a pesar de encontrarse en semejante estado, no tuvo reparo en avanzar sobre el suelo inmaculado de la sala. Nadie se fijaba en él. La atención del padre y de la madre estaba acaparada por el violín. En cambio, los señores que, al principio, se habían apostado con las manos en los bolsillos detrás del atril, desde donde podían leer cada nota, lo que tenía que molestar a la hermana, pronto se retiraron cabizbajos a la ventana, donde hablaban a media voz. El padre los observaba preocupado. Era evidente que su expectativa de oír algo bonito había sido defraudada, que estaban hartos del violín y que sólo por educación no dejaban la sala en busca de su tranquilidad. La manera de echar el humo por boca y nariz hacia arriba delataba un gran nerviosismo. Y no obstante, la hermana tocaba bien; la cara inclinada hacia un lado, sus ojos seguían atentos y tristes la partitura. Gregorio avanzó otro poco, con la cabeza pegada al suelo. Deseaba cruzar una mirada con ella. ¿Sería él una fiera si la música le emocionaba tanto? Era como si husmeara el aliento largamente anhelado. Estaba decidido a llegar hasta la hermana, tirarla de la falda para indicarle que fuese con el violín a su cuarto, pues nadie aquí celebraba su arte como él lo haría. Nunca más la hermana debería salir de su habitación, al menos mientras él viviera. Por primera vez, su horrible figura serviría para algo: estaría en todas las puertas a la vez para expulsar a los intrusos. Estaba claro que la hermana no debía quedarse con él por la fuerza, sino por su propia voluntad. Debía sentarse a su lado en el sofá, inclinarse sobre él y entonces le diría al oído que había tenido el propósito de enviarla al Conservatorio y que, de no sobrevenir la desgracia, lo habría anunciado así en la última Navidad —las Navidades ya habían pasado, ¿verdad?—, sin importarle las objeciones de los padres. Después de esta declaración, la hermana se echaría a llorar y él, Gregorio, se encaramaría para besarle el cuello que, desde que iba a la tienda, llevaba sin cintilla ni otro adorno.

«¡Señor Samsa!», gritó el señor de en medio, apuntando con el índice en dirección a Gregorio. El violín enmudeció. El señor de en medio primero cambió una sonrisita con sus amigos, y luego, moviendo la cabeza, volvió a mirar a Gregorio. El padre creyó que, de momento, era más urgente tranquilizar a los señores que espantar a Gregorio. No obstante, éstos no parecían nerviosos; incluso parecía que Gregorio les divertía más que la música. Pero el padre se abalanzó con los brazos abiertos sobre ellos, para empujarles a su habitación e impedirles con su gran cuerpo que viesen a Gregorio. Ahora sí que se enfadaron un poco, no se sabe si por la conducta del padre o porque se habían dado cuenta del vecino que tenían. Pedían explicaciones al padre, levantaban los brazos al unísono, atusaban sus barbas y retrocedían con lentitud hacia su habitación. Tras la brusca interrupción, la hermana había permanecido con arco y violín en las manos caídas, la vista aún fija en la partitura. Pero pronto salió de su enajenación, depositó el violín en el regazo de la madre, que estaba luchando por respirar, y corrió a la habitación de los señores, que ya se apresuraban un poco más ante los apremios del padre. Se vio cómo la hermana con mano diestra removía almohadas y cobertores; en un momento estaba todo acomodado para que los señores se acostaran. Cuando éstos llegaron, ya se había escabullido. El padre, por lo visto, estaba sufriendo uno de sus ataques de obstinación, olvidando el respeto debido a los inquilinos. Los urgía y empujaba, hasta que el señor de enmedio dio una fuerte patada en el suelo y el padre se detuvo. «Declaro —dijo levantando la mano y buscando con la mirada también a la madre y a la hermana—, que, en vista de las repugnantes circunstancias reinantes en esta casa y en esta familia, ahora mismo —aquí escupió sin más en el suelo— rescindo el contrato de alquiler. Naturalmente, no pagaré ni un céntimo por los días que he vivido aquí y aun pensaré si no les voy a demandar por daños y prejuicios.» Se calló y se quedó como esperando algo. Y, en efecto, ambos amigos se apresuraron a decir: «También nosotros lo rescindimos en este mismo momento.» Luego cogió el picaporte y cerró de un portazo.

El padre buscó a tientas el sillón y se dejó caer en él; parecía que se estiraba como para el sueñecito de costumbre. Pero las cabezadas que daba como si no pudiera sostener la cabeza delataban que no dormía en absoluto. Gregorio se mantenía en el mismo sitio donde los caballeros le habían descubierto. La pena por la frustración de su plan —pero quizá también la debilidad causada por el prolongado ayuno—, no le dejaba moverse. Tenía la certeza de que, en el próximo instante, el mundo se le caería encima. Ni siquiera el violín le hizo reaccionar, cuando éste se deslizó de entre los temblorosos dedos de la madre y cayó con un sonido retumbante al suelo.

«Queridos padres —dijo la hermana dando un manotazo en la mesa—, las cosas no pueden seguir así. Si vosotros no lo queréis comprender, yo sí lo comprendo. Delante de este monstruo no quiero pronunciar el nombre de mi hermano y por esto sólo digo: Nos lo tenemos que quitar de encima. Hemos hecho lo humanamente posible por cuidarlo y soportarlo, creo que nadie nos puede hacer ni el más mínimo reproche.» «Tiene mil veces razón», dijo para sí el padre. La madre, aún fuera de aliento y con los ojos extraviados, comenzó a toser sordamente, tapándose la boca con la mano. La hermana socorrió a la madre sosteniéndole la frente. Parecía que las palabras de la hermana le hubieran aclarado las ideas al padre. Estaba sentado, erguido, con la gorra entre las manos. Sobre la mesa aún estaban los platos de la cena; miraba de vez en cuando al inmóvil Gregorio.

«Tenemos que tratar de deshacernos de él —prosiguió ahora la hermana dirigiéndose exclusivamente al padre, pues la madre con su tos no oiría nada—, os va a matar a los dos, lo veo venir. Si uno tiene que trabajar como nosotros, no puede soportar semejante martirio en casa. Yo tampoco puedo ya.» Y lloraba de tal manera que las lágrimas corrían por la cara de la madre de donde las enjugaba mecánicamente.

«Niña —dijo el padre con evidente comprensión—, ¿pero qué podemos hacer?» La hermana sólo se encogió de hombros en señal de que ella tampoco lo sabía, lo que contrastaba no poco con su anterior aplomo. «Si nos entendiera», dijo el padre medio soñando. Pero en medio de su llanto la hermana sólo acertó a agitar enérgicamente la mano en señal de que ni había que pensar en tal cosa.

«Si nos entendiera —repitió el padre cerrando los ojos como para asimilar mejor la aseveración de la hija de que esto era un imposible—, si nos entendiera se podría llegar a un acuerdo con él. Pero así...» «¡Se tiene que ir! —exclamó la hermana—, este es el único remedio que tenemos. Sólo tienes que quitarte de la cabeza la idea de que esto sea Gregorio. Que lo creímos durante tanto tiempo, ahí está nuestro error. ¿Cómo podría este bicho ser nuestro Gregorio? Si fuera él, hace tiempo que hubiera comprendido que ningún ser humano puede convivir con semejante bicho. Por sí mismo se habría ido. Entonces no habría más hermano, pero nosotros podríamos seguir viviendo y honrar su memoria. Pero este animal nos persigue, espanta a los inquilinos, quiere apoderarse de toda la casa. Al final todos nosotros dormiremos en la calle.» «¡Mira, padre! —gritó de repente—, ¡ya empieza otra vez!» Y en un terror totalmente incomprensible para Gregorio, la hermana hasta se soltó de la madre, se apartó con violencia del sillón como si prefiriera sacrificar a la madre antes que permanecer cerca de Gregorio y se refugió detrás del padre, que ahora, excitado por el comportamiento de la hermana, también se puso en pie levantando los brazos para protegerla.

Pero Gregorio no tenía la más mínima intención de atemorizar a nadie, y menos a la hermana. Sólo había empezado a dar la vuelta para arrastrarse a su habitación. Desde luego que hacía un efecto raro porque, a causa de su extremo decaimiento, se tenía que ayudar con la cabeza, golpeándola muchas veces contra el suelo. Se detuvo y miró en derredor suyo. Parecía que se había comprendido su buena intención; sólo había sido un susto momentáneo. Todos le miraron en silencio y con tristeza. La madre estaba tirada en el sillón con las piernas estiradas y muy pegadas una a la otra; los ojos casi se le cerraban de agotamiento. El padre y la hermana estaban sentados uno al lado del otro, la hermana le tenía abrazado. «Ahora quizá podré terminar de dar la vuelta», pensó Gregorio y reanudó el trabajo. No pudo reprimir los resoplidos del esfuerzo y tuvo que descansar de cuando en cuando. Le dejaban actuar a su aire. Cuando hubo completado la vuelta, emprendió el camino de su habitación. Le asombró la gran distancia que le separaba de ella y no pudo comprender cómo antes la había recorrido casi sin darse cuenta. Siempre anhelante de desplazarse lo más rápidamente posible, ni se fijó en que ni una palabra, ni una voz de su familia le venían a estorbar. Justo al llegar a la puerta volvió la cabeza, no del todo, porque tenía el cuello tieso, pero lo suficiente para captar que detrás de él nada había cambiado. Su última mirada rozó a la madre, ya vencida por el sueño.

Apenas dentro de su cuarto, se cerró la puerta. El ruido repentino le asustó tanto que se le doblaron las patitas. Era la hermana la que se había apresurado tanto: en pie estuvo esperando a que Gregorio desapareciera y corriendo fue a cerrar la puerta. Gregorio ni la había oído venir. «¡Por fin!», gritó ella en dirección a los padres, mientras giraba la llave en la cerradura. «¿Y ahora?», se preguntó Gregorio sumido en la oscuridad. Pronto sintió que ya no se podía mover en absoluto. Esto no le sorprendió, más bien le parecía incomprensible que sus flacas piernas le hubieran sostenido hasta ahora. Incluso se sentía casi a sus anchas. Si bien tenía dolores en todo el cuerpo, éstos iban remitiendo poco a poco; finalmente desaparecerían del todo. Apenas notaba ya la manzana podrida y su entorno inflamado recubierto de polvo pegajoso. Pensó con cariño y emoción en los suyos. Su convicción de que tendría que desaparecer era tanto o más firme que la de la hermana. En este estado de tranquila y benéfica relajación permaneció hasta que el reloj de la torre de la iglesia dio las tres de la madrugada. Todavía vio el lento amanecer detrás de la ventana. Entonces su cabeza cedió del todo y Gregorio exhaló un débil y último suspiro.

Cuando por la mañana temprano llegó la sirvienta —de tanta robustez y prisa cerraba las puertas de golpe de modo que, por mucho que se le rogase que se enmendara, ya nadie podía dormir en toda la casa—, en su acostumbrada visita matinal a Gregorio primero no vio nada especial. Pensó que estaba tan quieto por hacerse el ofendido, pues le creía capaz de semejante demostración. Como tenía la escoba en la mano trató de hacerle cosquillas desde la puerta. Como no surtió efecto, se malhumoró un poco y le dio un pequeño empujón; sólo cuando le empujó sin encontrar la menor resistencia cayó en la cuenta de la situación real. Abrió los ojos desmesuradamente y empezó a silbar. Pero no se detuvo mucho rato, sino que se precipitó sobre la puerta de la alcoba y gritó: «¡Miren, miren, ha reventado! ¡Ahí lo tienen, reventado!»

El matrimonio se incorporó de golpe en la cama, asustado por la brusca aparición de la sirvienta. Sólo después de haberse repuesto del primer susto, estaban en condiciones de comprender lo que ésta les había venido a anunciar. Entonces el señor y la señora Samsa salieron rápidamente de la cama. Él se echó una manta encima de los hombros, la madre se quedó en camisón. Así entraron en la habitación de Gregorio. Entre tanto se había abierto también la puerta de la sala de estar donde Greta dormía desde que estaban los inquilinos. Estaba completamente vestida, como si no hubiera dormido; también la cara, muy pálida, parecía demostrarlo. «¿Muerto?», preguntó la señora Samsa a la sirvienta, a pesar de que bien lo podía ver con sus propios ojos. «¡Ya lo creo!», dijo la sirvienta y, para convencerla, empujó al cadáver todavía otro trecho con la escoba. La señora Samsa hizo un movimiento como para detener la escoba pero, al fin, no lo hizo. «Bueno —dijo el señor Samsa—, ahora podemos dar gracias a Dios.» Se santiguó y las tres mujeres siguieron su ejemplo. Greta, que no apartaba la vista del cadáver, dijo: «Mirad qué delgado está. Claro, no ha comido en tanto tiempo. Tal como entraba la comida, volvía a salir del cuarto.» En efecto, el cuerpo de Gregorio era totalmente chato y seco. Esto se vio ahora, cuando ya no se alzaba sobre sus patas y ningún otro detalle distraía la atención.

«Greta, ven un ratito con nosotros», dijo la señora Samsa melancólicamente, y Greta fue tras los padres a la alcoba, no sin volver la mirada una vez más sobre el cadáver. La sirvienta cerró la puerta tras ella y fue a abrir la ventana de par en par. A pesar de la hora temprana, el aire tenía cierta tibieza, marzo estaba finalizando.

Los tres caballeros salieron de su habitación y vieron con asombro que el desayuno no estaba servido; se les habría olvidado. «¿Dónde está el desayuno?», preguntó el señor de en medio a la sirvienta. Ésta, por toda contestación, puso el dedo sobre la boca y les hizo señas para que entraran en la habitación de Gregorio. Se acercaron con las manos en los bolsillos de sus algo raídas chaquetas y rodearon el cadáver de Gregorio. La habitación ya estaba bañada en luz. Entonces se abrió la puerta del dormitorio y apareció el señor Samsa, trajeado con la librea, de un brazo su mujer y del otro la hija.

Tenían cara de haber llorado; Greta apretaba el rostro contra el brazo del padre.

«¡Abandonen ustedes inmediatamente mi casa!», espetó el señor Samsa, señalando la puerta sin soltar a las mujeres. «¿Qué pretende usted decir?», preguntó el señor de en medio algo perplejo y con sonrisa dulzona. Los otros dos caballeros se frotaban las manos como si se prepararan para una gran pelea en la que llevaran todas las de ganar. «Pretendo decir exactamente lo que digo», dijo el padre y avanzó con las mujeres hacia el caballero. Este primero quedó callado, mirando al suelo, como si tuviera que ordenar las cosas en su cabeza. «¿Así que nos vamos?», dijo por fin, levantando la vista hacia el señor Samsa, como si, en una repentina humildad, se tuviera que cerciorar de que tenía permiso para ello. El señor Samsa sólo afirmó con la cabeza y con los ojos muy abiertos. Acto seguido, el caballero se encaminó con grandes pasos al vestíbulo; ambos amigos habían dejado de frotarse las manos y daban saltitos detrás del otro como si tuvieran miedo de que los Samsa penetraran antes que ellos en el vestíbulo e interfiriesen entre ellos y su conductor. En el vestíbulo, los tres tomaron sus sombreros del perchero, sacaron sus bastones del paragüero, hicieron una muda reverencia y abandonaron la casa de los Samsa. Con una desconfianza totalmente infundada, el señor Samsa salió con las dos mujeres al rellano de la escalera. Inclinados sobre la barandilla observaron cómo los tres descendían por la larga escalera, lenta pero ininterrumpidamente, desapareciendo en los recodos y volviendo a aparecer momentos más tarde. Cuanto más bajaban, más se esfumaba el interés de la familia por ellos y, cuando se cruzaron con un aprendiz de carnicero que con su carga de carne sobre la cabeza iba subiendo un piso tras otro, el señor Samsa abandonó la barandilla con las mujeres. Aliviados entraron en su casa.

Decidieron dedicar el día a descansar y a pasear. Se habían merecido esta interrupción de la rutina, incluso la necesitaban urgentemente. Se sentaron a la mesa para escribir tres cartas disculpando su ausencia del trabajo: el señor Samsa a la Dirección, la señora Samsa al dueño de la tienda y Greta a su jefe. Mientras escribían, entró la sirvienta para decir que se iba pues había terminado el trabajo. Los tres asintieron con la cabeza sin levantar la vista. Cuando la sirvienta ni hizo ademán de irse, la miraron contrariados. «¿Qué pasa?», preguntó el señor Samsa. La sirvienta estaba parada en la puerta con una sonrisa, como si tuviera que anunciar una gratísima noticia. Parecía decidida a no soltarla sino tras insistentes requerimientos. La plumita de avestruz en vertical de su sombrero, que estaba irritando al señor Samsa desde que la mujer había entrado a servir, se bamboleaba de un lado a otro. «¿Qué es lo que desea?», preguntó la señora Samsa. De los tres era ella a quien la sirvienta respetaba más. «Bueno —dijo entrecortada por alegres risas—, no se preocupen de cómo sacar aquella cosa de al lado. Ya está todo arreglado.» La señora Samsa y Greta se inclinaron sobre sus cartas como si quisieran seguir escribiendo. Pero el señor Samsa, adivinando que la mujer tenía ganas de contarlo todo con pelos y señales, la cortó con un imperioso movimiento de la mano. Como no la dejaron hablar, la sirvienta se acordó de repente de la prisa que tenía y, evidentemente resentida, se conformó con un airado «adiós» y se volvió fieramente hacia la puerta y abandonó la casa con un portazo feroz.

«Por la noche la despediremos», dijo el señor Samsa, pero ni la esposa ni la hija contestaron, pues la sirvienta había vuelto a perturbar la calma difícilmente conseguida. Se levantaron, fueron a la ventana y ahí se quedaron abrazadas la una a la otra. El señor Samsa giró el sillón hacia ellas y las miró un rato en silencio. Entonces, exclamó: «¡Venid acá, dejad ya esas viejas cosas, tened también un poco de consideración conmigo!» Las dos mujeres le obedecieron al punto, le acariciaron y terminaron rápidamente sus cartas.

Después salieron todos juntos, cosa que no había sucedido desde hacía meses. Tomaron el tranvía para salir al campo. El tranvía —eran los únicos pasajeros—, estaba inundado de un cálido sol. Cómodamente arrellanados, hacían planes para el futuro. Resultó que las perspectivas no eran del todo malas, pues los tres empleos eran bastante buenos —cosa que aún no habían tenido el tiempo de comentar— y, sobre todo, podían mejorar más adelante. Lo más importante era cambiar de domicilio. Querían tomar un piso más pequeño y barato, pero mejor situado y más funcional. El actual lo había elegido Gregorio. Mientras conversaban, la hija se iba animando más y más. El señor y la señora Samsa pensaron casi al unísono que la hija, a pesar de todas las penurias que habían hecho palidecer sus mejillas, en el último tiempo se había convertido en una muchacha hermosa y bien plantada. Meditabundos e intercambiando miradas de entendimiento, pensaron que había llegado el momento de buscar un buen marido para ella. Y les pareció que era una señal de haber pensado bien, cuando la hija, al término del viaje, se levantó la primera y estiró su cuerpo joven.

INFORME PARA
UNA ACADEMIA

Excelentísimos señores académicos:

Me hacéis el honor de invitarme a presentar a la Academia un informe sobre mis antecedentes simiescos. Lamentablemente, en este sentido no puedo complaceros. Casi cinco años me separan de la naturaleza de animal salvaje, un tiempo que en términos de calendario puede parecer breve pero que resulta ser una eternidad para quien, como yo, lo ha tenido que recorrer al galope y a latigazos. Es verdad que en mi veloz carrera me asistieron personas y consejeros excelentes y que orquestas y aplausos me acompañaron, pero en el fondo de mí mismo me sentía solo. Porque todo este acompañamiento quedaba siempre —valga la imagen— del otro lado de la barrera y a gran distancia.

No habría podido llevar a cabo lo que hice si me hubiera aferrado a mi origen, a los recuerdos de mi juventud. La renuncia a toda obstinación en este sentido era justamente el primer mandamiento que me había impuesto; yo, un mono salvaje, me sometí a este yugo. Pero por esta misma razón, los recuerdos se me volvían cada vez más lejanos, propiamente huían de mí. Si los hombres me hubieran devuelto pronto a la libertad, habría podido retornar a ella por una puerta grande como la que forma el cielo sobre la tierra. Pero conforme yo iba evolucionando, la puerta se estrechaba más y más; terminé por sentirme más a gusto y más cobijado en el mundo de los humanos. El vendaval que soplaba detrás de mí desde el pasado, perdía fuerza paulatinamente; hoy ya sólo es una brisa que me refresca los talones. El lejano agujero desde donde sopla y por el que yo mismo he pasado un día se ha achicado tanto que, si quisiera y pudiera recorrer de vuelta la enorme distancia que me separa de él, me despellejaría entero si me empeñara en atravesarlo otra vez. Hablando con franqueza —aunque más me gustaría hablar en imágenes de estas cosas—, hablando con franqueza os diré, excelentísimos señores, que el pasado simiesco, en el supuesto de que también vosotros tuvieseis algo semejante a vuestras espaldas, no puede estar más alejado de vosotros que de mí. Pero a todos los que pisamos la tierra nos hace cosquillas en los talones, tanto al pequeño chimpancé como al gran Aquiles.

Pero en un sentido muy restringido quizá pueda contestar a vuestra pregunta, e incluso que lo haga con mucho gusto. Lo primero que aprendí fue el apretón de manos; el apretón de manos es señal de franqueza. Súmese hoy —cuando me encuentro en la cúspide de mi carrera— a aquel primer apretón de manos la franqueza de mi palabra. Mi palabra no aportará nada sustancialmente nuevo a la Academia y se quedará muy atrás de lo que se me ha pedido y que ni con la mejor voluntad sabría expresar. No obstante, mi palabra dejará entrever la vía por la que uno que ha sido mono penetró en el mundo de los hombres y se afianzó en él. Pero ni aun lo poquito que diré a continuación me sería permitido decirlo si no estuviera totalmente seguro de mí y si mi posición en el mundo del *music-hall* no fuera inexpugnable.

Soy natural de la Costa de Oro. De cómo he sido capturado, sólo sé algo a través de relatos ajenos. Un grupo de cazadores Hagenbeck —con cuyo jefe he vaciado no pocas botellas de vino tinto—, estaba al acecho entre la maleza en la orilla del río cuando yo, al atardecer, corrí en tropel hacia el abrevadero. Sonaron disparos; fui abatido; había recibido dos tiros. Uno en la mejilla que, aunque leve, dejó una gran cicatriz roja donde ya no salió más el pelo. Esta cicatriz me valió el nombre de Pedro el Rojo, nombre odioso y tan estrafalario como si lo hubiera inventado un mono. Es como si sólo me distinguiera por esa cicatriz de aquel otro mono de nombre Pedro que era bastante popular en algunas partes y que, hace poco, estiró la pata. Esto sea dicho de pasada. El segundo disparo me alcanzó por debajo de la cadera. Era grave y tiene la culpa de que aún hoy cojee un poco. El otro día leí en un artículo de uno de los diez mil lebreles que las emprenden conmigo desde sus periódicos, que mi naturaleza simiesca aún no ha sido del todo eliminada. Como prueba aduce que cuando tengo visita, suelo quitarme los pantalones para mostrar el sitio de entrada de la bala. A este tipo sí que habría que pegarle un balazo en cada dedo de la mano con que escribe. Yo puedo quitarme los pantalones ante quien me dé la gana. No se verá más que un pelaje exquisitamente cuidado y la cicatriz dejada por un disparo criminal. No hay lugar a equívocos; todo está claro como el agua; no hay nada que ocultar. Cuando se trata de esclarecer la verdad, un hombre magnánimo prescinde de los modales. Naturalmente, si aquel chupatintas se quitase los pantalones ante sus visitantes, sería harina de otro costal; el que no lo haga lo quiero interpretar como un signo de buen juicio. Pero entonces que no me dé tampoco a mí la lata con sus suspicacias. Después de que sonaron los tiros me desperté —y aquí empiezan a aflorar mis propios recuerdos—, me desperté en una jaula ubicada en la cubierta de un vapor Hagenbeck. No tenía barrotes por los cuatro costados sino sólo por tres, porque por un lado estaba adosada a un cajón de madera. Es decir que el cajón formaba la cuarta pared. La jaula era demasiado baja para estar en pie y demasiado angosta para estar sentado en el suelo. Por esto quedé en cuclillas; las rodillas me temblaban todo el tiempo. Al principio no quería ver a nadie y mantenía la cara vuelta hacia el cajón mientras que los barrotes, por atrás, se me clavaban en la carne. Se considera que, en un primer tiempo, es conveniente mantener a los animales de esta manera; con la experiencia que a mí me fue dado vivir, no puedo negar que, desde cierto punto de vista, esto es cierto.

Pero en aquel entonces no pensaba así. Por primera vez en mi vida me encontraba en un callejón sin salida. Por lo menos sin salida hacia adelante, pues ahí estaba el cajón con sus tablas bien puestas una al lado de la otra. Cuando me di cuenta de que entre tablón y tablón había unas ranuras estallé, en mi ignorancia, en verdaderos aullidos de júbilo. Claro que las ranuras eran tan estrechas que no pasaba ni el rabo y ni con todas mis fuerzas las lograba ensanchar.

Como se me dijo más tarde, he sido excepcionalmente poco ruidoso, por lo que se pensó que o moriría pronto o, si lograba sobrevivir, sería un buen sujeto para ser amaestrado. Sobreviví. Llorar sordamente para mis adentros, espulgarme, lamer desganadamente una nuez de coco, golpear la pared de madera con el cráneo, enseñar los dientes a quien se me acercara, estas eran las primeras ocupaciones de mi nueva vida. En medio de todo, una única certeza: no hay salida. Hoy ya sólo puedo describir mediante palabras humanas lo que entonces sentí. La palabra humana distorsiona mi vieja verdad de mono, que a mí mismo se me escapa; pero, eso sí, mi palabra apuntará en dirección a esa verdad. Hasta aquí siempre había habido salida; ahora no. Estaba cogido. Si me hubieran clavado en el sitio, no por eso me habría podido mover menos. ¿Por qué? Aunque te rasques entre los dedos de los pies hasta la sangre, no hallarás la explicación. Aunque te claves los barrotes hasta casi partirte en dos, no hallarás la explicación. No había salida pero la tenía que encontrar; la vida se me iba en ello. Siempre de cara contra la pared, me moriría. Pero en Hagenbeck el sitio de un mono es de cara contra la pared. Así que había que dejar de ser mono. Era un razonamiento claro y sencillo que debo haber gustado en el vientre, pues los monos piensan con el vientre.

Temo que no se entienda bien lo que quiero decir con la palabra «salida». Uso la palabra en su sentido más común y estricto. Con toda intención no digo «libertad», aquella gran libertad en todas direcciones que, siendo mono quizá no me era desconocida. Sé de personas que la anhelan. Pero en lo que se refiere a mí, no la pedía ni entonces ni hoy. De paso sea dicho: los hombres fácilmente se engañan con eso de la libertad. Así como el sentimiento de la libertad es uno de los más sublimes, el engaño que engendra también es supino. Antes de salir a escena me gusta observar a los trapecistas allí en lo alto. Se lanzan, se mecen, saltan, vuelan el uno a los brazos del otro, se agarran con los dientes por los pelos... «también esto es libertad de hombres, pienso, movimiento soberano». ¡Oh caricatura de la sacrosanta madre naturaleza! La carpa se vendría abajo por las carcajadas de los monos libres si vieran semejante espectáculo.

No, yo no quería libertad. Sólo una escapatoria; a la derecha, a la izquierda; por donde fuera. Yo no ponía condiciones; aceptaba cualquier salida, aunque no fuera más que un engaño; lo que pedía no era gran cosa, el engaño no sería mucho mayor. ¡Salir adelante, salir adelante! Todo menos quedarse parado con los brazos en alto y pegado a los tablones de un cajón.

Hoy lo veo con claridad: no habría encontrado la salida sin una enorme calma interior. Todo lo que he llegado a ser se lo debo a esa calma. Me invadió después de los primeros días en el barco y probablemente se la debo a la gente que había a bordo. A pesar de todo era gente buena. Todavía hoy resuenan en mí sus pisadas, que percibía en mi semisueño. Todo lo hacían con lentitud. Para frotarse los ojos, levantaban la mano como si fuera una pesa. Sus bromas eran groseras pero cordiales. Sus risas estaban siempre mezcladas con una tosecilla que podía parecer alarmante pero que no tenía mayor importancia. Siempre removían algo en la boca que luego escupían no importaba donde. Solían protestar por mis pulgas, que los asaltaban, pero no me lo tomaba a mal, pues sabían que en mi pellejo se crían pulgas y que estos animalitos saltan.

Con saber esto se conformaban. Cuando estaban de asueto solían sentarse en semicírculo alrededor de mí. Apenas hablaban, sólo farfullaban algunas palabras. Tumbados sobre cajones fumaban sus pipas. Al menor movimiento mío se daban palmadas en los muslos, y de cuando en cuando alguno cogía un palo y me hacía cosquillas donde podría ser de mi agrado. Si hoy se me invitara a hacer una travesía en aquel barco, ciertamente diría que no, pero también es cierto que no serían detestables todos los recuerdos que evocaría.

La calma que adquirí en medio de esa gente me preservó de hacer cualquier intentona de fuga. Había barruntado que, si quería vivir, tenía que encontrar una salida, pero que esta salida no consistía en la fuga. No sé si una fuga habría sido factible, pero quiero creer que sí; un mono siempre debe poder fugarse. Con mi dentadura de hoy apenas puedo ya cascar una nuez, pero entonces debería haber sido capaz de cascar la cerradura poco a poco. No lo hice. ¿Qué habría ganado? Apenas sacada la cabeza, me habrían atrapado y encerrado en una jaula peor. Quizá habría alcanzado a refugiarme en la jaula de serpientes gigantes que tenía enfrente, pero sólo habría sido para expirar en su mortal abrazo. O, a lo mejor, habría llegado hasta la barandilla para saltar al mar. ¿Y qué? Me habría mecido un rato sobre las olas y luego me habría ahogado. Todo esto habría sido producto de la desesperación. Yo no razonaba tan a la manera humana, pero bajo la influencia de mi entorno me comportaba como si razonara.

No razonaba, pero sí observaba. Veía cómo aquellos hombres iban y venían. Siempre las mismas caras, los mismos movimientos. A veces me creía que todos eran un solo hombre. Ese hombre o esos hombres andaban sin que nadie les estorbara. Un alto objetivo comenzó a alborear en mis entrañas. Nadie me prometió que si me volvía como ellos se levantarían las rejas. No se hacen promesas a cuenta de un imposible. Pero si lo imposible se hace realidad, entonces sí que aparecen las promesas justamente allí donde uno las había buscado vanamente. No había nada en aquellos hombres que me atrajera especialmente. Si yo fuera un fanático de lo que antes he llamado «libertad», de seguro que hubiera preferido el salto al océano que no seguir el derrotero que vislumbré en la turbia mirada de aquellos hombres. Los había estado observando mucho antes de comenzar a rumiar estas cosas y el acopio de mis observaciones me empujaba en la dirección que finalmente adopté.

Era tan fácil imitar a aquella gente. Ya en los primeros días aprendí a escupir. Nos escupíamos mutuamente a la cara; con la única diferencia de que yo después me lamía la cara para limpiarme y ellos no. Pronto fumaba en pipa como un viejo; cuando metía el pulgar en la cabeza de la pipa como para aplastar el tabaco, todos se tronchaban de risa. Pero durante mucho tiempo no comprendí la diferencia entre una pipa vacía y una pipa cargada.

Lo que más trabajo me costaba era la botella de aguardiente. El olor era insoportable. Por mucho que me esforzara, tardé semanas en familiarizarme con ella. Es extraño, pero la gente tomaba esas luchas internas más en serio que cualquier otra cosa mía. En mi memoria ya no los distingo a unos de otros, pero había uno que siempre venía a mi jaula, solo o acompañado, de día o de noche, a las horas más intempestivas. Se plantaba delante de mí, botella en mano, con el propósito de enseñarme. El hombre no me entendía y quería descifrar el enigma de mi ser. Descorchaba lentamente la botella y me miraba para ver si yo había comprendido. Debo confesar que le obsesionaba siempre con una atención salvaje. Ningún maestro humano encontrará jamás un discípulo tan ávido de aprender como yo. Una vez descorchada la botella, el hombre la llevaba a la boca; la sigo con la vista hasta el gaznate. De momento, se contenta con esto. Luego lleva la botella otra vez a los labios. Yo le miro entusiasmado, me rasco locamente a todo lo largo y ancho de mi cuerpo. También él se entusiasma, empina la botella otra vez y, por fin, toma un trago. Yo, impaciente y frenético por imitarle, me hago una necesidad encima; él suelta la risotada. Ahora mantiene la botella lejos de sí, se echa teatralmente hacia atrás y acerca la botella con un amplio movimiento a la boca. La vacía de un trago. Yo, rendido de tanta atención, ya no le puedo seguir, sin fuerzas cuelgo de la reja. Y mi maestro pone fin a la clase teórica frotándose la barriga con una amplia sonrisa de conejo.

Entonces comienza el ejercicio práctico. Me temo que la lección teórica me ha agotado demasiado. En efecto, estoy desfallecido pero esto forma parte de mi sino. Estiro como puedo la mano y agarro la botella; la descorcho temblando. Con el éxito me vienen nuevas fuerzas. Levanto la botella como mi maestro, la llevo a los labios y... con horror la lanzo al suelo. Estaba vacía pero el olor había quedado dentro. La tiré, para gran disgusto de mi maestro y de mí mismo. A ninguno de los dos nos servía de consuelo que, después de haber tirado la botella, no olvidara de frotarme la barriga y de sonreír con cara de conejo.

La lección se repetía una y otra vez y siempre con el mismo resultado. En honor de mi maestro sea dicho que él no se enfadaba conmigo, si bien de cuando en cuando me chamuscaba el pellejo con su pipa encendida, pero él mismo apagaba luego la quemazón con su enorme y bondadosa mano. No, no me lo tomaba a mal. Comprendió que codo a codo luchábamos contra la naturaleza salvaje y que yo llevaba la peor parte. ¡Pero qué triunfo para él y para mí cuando una tarde ante un gran corro de espectadores —quizá había una fiesta pues sonaba el gramófono y un oficial se paseaba entre la tripulación— cuando cogí una botella de aguardiente que alguien en un descuido había dejado delante de mi jaula, la descorché diestramente ante el creciente asombro de los presentes, la llevé a la boca y sin titubear, sin una mueca de disgusto, como un bebedor de categoría, con los ojos puestos en blanco y el gaznate subiendo y bajando, la vacié entera! Luego tiré la botella, pero ya no como un desesperado, sino como un artista consumado. Al final, me olvidé de frotarme la barriga pero, en cambio —sin saber cómo ni a santo de qué—, solté un sonoro «¡Hola!» Este vocablo me abrió el camino a la comunidad humana. «¡Escuchad, dijeron, "el mono habla!"», y el halago sentó como un beso sobre mi cuerpo sudoroso.

Repito: no deseaba emular a los hombres; los emulaba en busca de una salida. Este era mi deseo y ningún otro. Por otra parte, con aquel triunfo aún no había logrado gran cosa. La voz me fallaba y sólo al cabo de unos meses la volví a recuperar. La aversión a la botella se hacía todavía más fuerte si cabe, pero la dirección en la que yo tenía que avanzar estaba dada.

Cuando en Hamburgo me entregaron a mi primer adiestrador, pronto reconocí las dos posibilidades que se me brindaban: jardín zoológico o *music-hall*. No vacilé. Me decía: pon todo tu empeño en introducirte en el *music-hall*. Allí está la salida. El Zoo no es sino otra jaula; si te meten allí, estás perdido. Y aprendí, señores. Vaya si se aprende cuando se busca una salida. Se aprende sin regatear esfuerzo alguno, sin conmiseración consigo mismo. Uno se vigila a sí mismo con el látigo, dispuesto a dejarse en carne viva antes de claudicar. Mi naturaleza de mono salió de mí como una exhalación. Mi primer maestro casi se vuelve mico y tuvo que dejar las clases. Le internaron en un manicomio del que, por suerte, pronto salió.

Pero yo consumí muchos maestros, incluso varios a la vez. Cuando ya me sentía más seguro de mis capacidades, el público me festejaba y el futuro comenzó a brillar para mí, yo mismo me imponía los maestros. Los instalé en cinco habitaciones consecutivas y aprendí simultáneamente con todos ellos, corriendo de habitación en habitación. ¡Qué progresos! Los rayos del saber penetraron desde todas partes en mi cerebro alucinado. Y no lo niego: me sentía feliz. Pero también debo advertir que no le daba demasiada importancia, ni siquiera entonces, y mucho menos hoy. Mediante un esfuerzo hasta ahora único en el mundo he asimilado la cultura media de un europeo. Esto en sí quizá no sea nada, pero sí es algo porque me liberó de la jaula y me brindó la única salida posible: la de los hombres. Hay un dicho alemán que dice: «escurrirse por entre los matorrales». Esto es lo que yo hice. No tenía otra salida ya que la libertad me estaba negada.

Si ahora echo un vistazo panorámico sobre mi evolución y sobre lo que he logrado hasta el momento, ni me quejo ni me encandilo. Las manos en los bolsillos del pantalón, la botella de vino delante de mí, me columpio en mi mecedora de cara a la ventana. Si viene una visita, la recibo con todas las de la ley. Tengo a mi empresario sentado en la antesala; si toco el timbre viene para escuchar lo que le tenga que decir. Por la noche casi siempre hay función. Mis triunfos ya no pueden ser más sonados. Si tarde por la noche regreso de algún banquete, de alguna reunión de científicos o de alguna velada entre amigos, en casa me espera una pequeña chimpancé semiamaestrada. Juntos lo pasamos bien a la manera de los monos. De día no la quiero ver porque tiene la mirada confusa y extraviada del animal en cautiverio. Sólo yo lo sé ver y no lo soporto.

En todo caso y en resumidas cuentas, he logrado lo que quería. No se diga que no valía la pena. Por lo demás, no quiero ser juzgado por los hombres. Sólo me interesa difundir conocimientos. Únicamente informo y también a vosotros, excelentísimos académicos, sólo os he informado, y nada más.

ÍNDICE

CLÁSICOS SELECCIÓN